KB159356

가지 뭐다
에디터드는

어디로든 가고 싶다 황현탁의 책으로 떠나는 여행
TRAVEL TO SOMEWHERE - Hwang's journeys through reading

초판 1쇄 인쇄 | 2021년 4월 5일
초판 1쇄 발행 | 2021년 4월 10일

지은이·황현탁
펴낸이·박현숙
디자인·안광욱, 이은주

펴낸곳·도서출판 깊은샘
등   록·1980년 2월6일(제2-69)

주   소·서울특별시 용산구 원효로80길 5-15 2층
전   화·02-764-3018~9 | 팩 스·02-764-3011

이메일·kpsm80@hanmail.net
ISBN 978-89-7416-258-0 03800
값 15,000원

황현탁의 책으로 떠나는 여행

어디로든
가고 싶다

황현탁 지음

끄은샘

여행은 꼭 거리로 따질 일은 아니다. 바다가 보고 싶다면, 서울에 사는 내게는 아주 먼 길이 되겠지만, 바닷가에 사는 사람은 눈 뜨면 보이는 것이 바다다. 외국노선에 탑승하는 항공기 승무원은 비행기를 타지만 그것은 일이지 '외국 여행'이 아니다. '여행'이나 '관광'에서 거리나 이동수단은 '중요하나 본질은 아니다.' 여행자나 관광객이 사는 곳을 떠나 다른 곳을 돌아보는 이유가 무엇보다 중요하다.

러시아 현대작가전에서 봤던 미하일 쿠가츠의 작품 〈먼 길〉에서 그 길을 지나는 이유를 생각해보았다. 들판 사이로 난 길 초입에 한 여인이 서 있다. 그 길은 오랜 시간 많은 사람이 다녔을 것이고, 다양한 사연이 서려 있을 것이다. 이 길 위의 여인은 떠나는 길인지, 돌아오는 길인지, 누구를 기다리는 길인지 알 수 없지만, 그녀만의 염원이 있을 것이다.

누구든 겉으로 나타내진 않더라도 자신의 삶을 위한 바람은 갖고 있다. 그 목표를 이루기 위해 끊임없는 노력을 기울이는 과정에서, 휴식과 즐거움을 취하기 위해, 마음을

미하일 쿠가츠의 〈먼길〉

다잡기 위해, 난관을 잊기 위해, 배움을 얻기 위해 길을 떠난다. 길 떠난 이유도 사람마다 다르다. 그것이 바로 여행인 것이다.

2020년 1월 나는 해외 여행기 《세상을 걷고 추억을 쓰다》를 출판한 후 국내 여행기 발간도 계획했었다. 그러나 코로나19가 창궐하여, 돈 들여 발품 파는 여행이 여의치 않아 책상머리에서 여행 관련 책을 여러 권 읽었다. 읽은 책 중에는 '상상 속의 여행'을 시, 소설, 산문 형식으로 표현한 문학작품, 실제 여행지에서의 체험을 쓴 여행기, 여행의 의미·방법론 등 '여행론'과 관련되는 책 등이 포함되어 있다.

이 책에 수록된 글은 읽은 여행책들을 독후감 형식으로 정리하여 블로그에 게재하였던 것을 추린 것이다. 책으로 엮기 위해 가필하였으나 기본적으로는 독후감과 같은 글쓰기 형식이다. 소개되는 책은 모두 36권이며, 저자는 시인, 소설가, 비평가, 언론인 등 작가들 뿐만 아니라, 상인, 탐험가, 건축가, 고고학자 등 전문직업인들도 있어 다루는 소재가 다양하다.

누구든 시간이나 비용, 건강이나 다른 사정으로 가고 싶은 곳을 모

두 다녀올 수는 없다. 여행지를 찾지 않고 책을 읽거나 영상을 보면서, 또는 전시회를 관람하면서 여행의 즐거움을 맛볼 수 있을 것이다. 다른 사람의 여정을 따라가면서 스스로 여행 기분을 낼 수도 있다. 간접적인 여행 체험은 코로나 시대의 여행법이기도 하다. '집콕여행'으로 독자들이 여행 기분을 느낄 수 있었으면 좋겠다.

원래는 블로그에 게재된 '국내 여행기'도 현장을 다시 찾아 보완하여 함께 펴낼 예정이었다. 코로나로 인한 '사회적 거리 두기'로 여행이 여의치 않아 이번에는 포함 시키지 못했다. 다음을 기약한다.

2021년 3월
황 현탁

Contents

상상속의 여행

시, 소설, 산문 속의 여행

호메로스의 참전여행 《일리아스》

《일리아스》는 10년 동안 계속된 트로이와 그리스(아카이아) 사이에 벌어진 트로이전쟁 중 마지막 해 51일간의 전투를 묘사한 대서사시다. 트로이전쟁 과정에서 전쟁에 대한 제우스신을 비롯한 올림포스 12신의 입장이나 개입, 전투에 참가하는 각 진영 간 또는 진영 내 주요 인사 간의 인척관계나 원한관계 등이 부연 설명되고 있는데, 이것이 바로 그리스 신화의 주요 내용이다.

기원전의 전투이므로 공격무기는 창, 칼, 활과 화살, 돌덩이나 바위이며, 방어는 갑주(甲冑, 갑옷이나 투구 등 무구)나 방패이고, 이동수단은 말과 전차나 배다. 전쟁은 아카이아 군이 트로이지역으로 원정을 가, 배를 정박시키고 트로이아 성을 공격하는 형식으로 진행된다.

《명화로 보는 일리아스》는 24편으로 된 원전을 다른 자료들을 참고하여 〈명화(名畫)〉를 곁들여 전쟁원인, 전쟁영웅들의 이해나 원한관계, 전투에서의 진격이나 퇴각, 신들의 개입배경 등을 15부로 나누어 설명하고 있다. 전쟁은 인간이 벌이고 있지만, 신들의 왕인 제우스의 의도에 따라 전투상황이 진행되며, 많은 사건이나 영웅들의 운명은 신의 뜻이나 과거의 일 때문에 이미 예정되어있는 것으로 기술되고 있다.

제우스는 헤라에게 "아카이아 군이 또다시 쫓기어 아킬레우스함대로 물러나게 하겠소. 아킬레우스가 부하인 파트로클로스를 내보내면, 파트로클로스는 내 아들 사르페돈을 포함한 수많은 트로이아군을 전지에서 죽인 뒤 영광스러운 헥토르의 창에 죽게 될 것이오. 그러면 아킬레우스가 파트로클로스의 원수를 갚기 위해 헥토르를 죽이게 되는 거요. 그 뒤에야 아테나의 계획대로 트로이아성을 점령하게 할 거요. 하지만 그동안은 어떤 불사의 신도 그리스 군을 돕는 것을 허락하지 않겠소."라고 밝히고 있는 것처럼, 제우스는 '신답게' 특정한 의도 아래 전쟁 상황을 조정하고 있다. 인간세계에서 볼 때는 전쟁이나 전투의 승패는 운명 지어진 것이다.

트로이전쟁의 이야기는 아킬레우스의 어머니인 바다의 요정(님프 : 영어 Nymph, 님페 : 그리스어Nymphe)인 테티스와 아버지인 펠레우스 왕국의 왕인 펠레우스의 결혼식에서부터 시작된다. 테티스는 미인으로 제우스, 포세이돈 등 여러 신들이 탐을 내지만, 그녀의 아들이 아버지보다 더 위대한 존재가 된다는 프로테우스의 예언 때문에 신들은 그녀와 결혼하기를 꺼려하게 되고, 반신인 펠레우스 왕과 결혼한다. 전쟁영웅 아킬레우스가 바로 테티스의 아들이며, 그는 불사의 몸이지만 전쟁 중에 '아킬레스건' 공격을 받아 죽음을 맞을 운명이다.

이 결혼식에 '불화의 여신 에리스'가 초대를 받지 못하자 분풀이로 테티스와 펠레우스 결혼식에 '가장 아름다운 여신에게'라는 글귀가 쓰인 황금사과를 놓고 간다. 헤라, 아테나, 아프로디테 세 여신은 제각각 자신의 미모를 과시하며 서로 황금사과를 가지려고 다투는데, 제우스는 "그대들의 미모는 우열을 가리기 힘드니, 이다 산에서 양을 돌보고 있는 파리스에게 가서 판정을 받도록 하라"고 제안한다.

트로이아를 망하게 할 운명이라는 신탁을 받고 태어난 파리스는 산에 버려지지만, 양치기에 의해 구출되어 이다 산에서 양치기를 하면서, 산의 요정 오이네와 결혼하여 아들까지 낳고 살아간다. 그런데 느닷없이 세 미녀가 등장하여 판관이 되어달라고 한다. 헤라는 인간 세상의 모든 패권을 주겠다고, 아테나는 세상에서 제일가는 지혜와 누구도 따를 수 없는 무용(武勇)을 부여하겠다고, 그리고 아프로디테는 자신만큼 아름다운 여인을 신부로 삼게 해주겠다고 유혹한다. 누구를 선택하든 다른 두 여신에게 저주받을 운명이라면 차라리 쾌락을 선택하겠다며 아프로디테의 손을 들어준다. 파리스는 아내와 딸을 버리고 산에서 내려와 자신의 친아버지인 트로이아왕 프리아모스를 찾아간다. 파리스는 아프로디테의 도움을 받아 스파르타의 왕 메넬라오스의 아내인 헬레네를 유혹하여(일설은 납치) 스파르타의 온갖 진귀한 보물과 황금 그리고 다섯 시녀와 함께 트로이로 돌아간다.

아내 헬레네를 빼앗긴 메넬라오스는 형 아가멤논과 함께 파리스에게 헬레네를 돌려줄 것을 요구하였으나 거부되자 트로이정벌에 나서게 된다. 트로이전쟁 영웅이자 트로이 목마를 고안한 오디세우스 역시 헬레네에게 청혼한 사람 중 한 명인데, 헬레네 결혼 전 구혼자 전원이 헬레네를 지키겠다는 맹세를 하여 많은 군웅들이 그녀를 구출한다는 명분으로 트로이에 출정하게 된다.

아킬레우스는 트로이아(동맹국인 리르네소스)를 공격하여 승리하고 자신은 브리세이스 왕비를, 아가멤논에게는 처녀 크리세이스를 바친다. 크리세이스를 찾으러 온 아폴론 신전의 사제인 아버지 크리세스를 빈손으로 돌려보내자 전장에 역병이 돈다. 크리세이스 때문임을 알게 된 아가멤논은 그녀 대신 브리세이스 왕비를 취하여 아킬레우스와의 불화가 시작된다.

헬레네를 아내로 두었던 메넬라오스와 파리스의 결투가 벌어지고 승패가 결정되지 않는다. 아가멤논은 전세가 개선되지 않자 참전하지 않고 있는 아킬레우스에게 브리세이스 왕비를 돌려보내기로 하고 사절단을 보내 화해를 요청하나 거절당한다.

아카이아 군이 위기에 처하자 아킬레우스는 친구 파트로클로스에게 자신의 갑옷과 장구를 입혀 본인으로 위장시켜 출전시킨다. 그는 전과를 올리지만 아폴론과 헥토르에 의해 쓰러진다. 친구의 죽음 소식을 접한 아킬레우스는 어머니 테티스가 헤파이토스에게 부탁하여 새로 만든 갑주(甲胄, 갑옷과 투구)를 착용하고 참전한다. 마침내 그는 헥토르를 죽인다.

헥토르의 아버지 트로이아의 왕 프리아모스는 불사신 헤르메스의 안내를 받아 아킬레우스에게로 가 무릎을 꿇고 헥토르의 시신을 돌려줄 것을 간청한다. 아킬레우스는 자신의 아버지를 떠올리며, 시신을 돌려주고 장례기간 중 전투를 중지하기로 한다. 서사시 《일리아스》는 아킬레우스에 의한 헥토르의 죽음으로 끝나며, 《명화로 보는 일리아스》 제15부 승자와 패자의 내용은 《오디세이아》나 다른 시, 신화의 내용을 종합하여 추가한 것이다.

아킬레우스는 헥토르의 여동생 폴릭세네에게 자신과 결혼하면 전쟁을 끝내겠다고 약속하여 결혼 승낙을 받아낸다. 그녀의 또 다른 오빠인 파리스의 계략일 수도 있다는 충고를 받지만, 결혼하면 처남 매부 사이가 될 것이라면서 식을 올리는데, 파리스가 독화살로 아킬레우스의 '발뒤꿈치 아킬레스건'을 맞혀 쓰러뜨린다. 그는 '속았구나!'라고 소리치며 죽는다.

트로이 함락에는 헤라클레스의 화살이 필요하다. 그 화살은 그리스군에 참전하다가 렘노
스 섬에서 낙오된 헤라
클레스의 친구 필록테데
스가 가지고 있는데, 사
과하고 그를 전장으로 데
려온다. 파리스는 초반
에 그 화살에 맞자, 이다
산으로 자신이 버린 아내
'오이노네'를 찾아간다.

그녀는 서운함 때문에 치료를 거부하여 파리스는 숨을 거둔다.

　이후 프리아모스왕은 피살되고 그리스군은 '트로이의 목마' 계략
을 이용하여 트로이아로 진격하여 점령한다. 그리스함대가 고국으
로 귀국할 때 아테나 여신의 저주로 바다에서 폭풍우를 만나 총사령
관 아가멤논의 배를 제외하고는 모두 난파된다. 아가멤논은 자신의
아버지에게 원한을 품고 죽은 삼촌의 아들 아이기스토스(사촌)와,
아가멤논 때문에 두 번이나 자식을 잃은 아내 클리타임네스트라에
의해 독살되어 생을 마감한다. 아가멤논의 동생 메넬라오스는 헬레
네를 데리고 선발대로 귀국하다가 폭풍우를 만나 지중해 연안에서
표류하다가 스파르타(라케다이몬)에 도착하여 영화를 누렸다.

　《일리아스》에서 제우스는 누이이자 아내인 헤라에게 잠자리를 함
께할 것을 요구하면서 "디아에게 반했을 때도, 다나에를 사랑했을

때도, 에우로페를 납치하여 사랑을 나누었을 때에도, 세멜레와 알크메네를 사랑할 때도 내 마음을 사로잡아 압도해버린 적은 없었소. 더욱이 그대와 자매 사이인 대지의 여신 데메테르를 사랑할 때에도, 레토를 사랑할 때도 지금처럼 달콤한 욕망이 나를 사로잡은 적은 없었소!"라는 말을 하는 천하 난봉꾼으로 기술되고 있다.

헤라 여신 역시 잠의 신 힙노스에게 "자, 내가 젊고 아름다운 카리테스 중 그대가 평소 흠모했던 파시테아를 그대에게 줄 터이니 아내로 맞으시오."라고 하는 등 여자를 물건처럼 다루고 있다. 대서사시 중에는 결혼 여부와 상관없이 여자는 전리품으로 여겨져 전쟁의 승패에 따라 남의 아내가 되기도 하는데, 아프로디테, 헤라와 같은 여신 스스로 아름다움을 뽐내고 있음은 '육체적 가치'를 높여 전리품으로 여겨지도록 한 측면이 있는 것은 아닐까? 아가멤논의 아내처럼 나중에 남자에게 복수하는 여성도 있지만, 대부분은 그런 상황을 받아들이고 있음은 당시의 시대 상황을 반영한 것이리라.

왜 서양의 명화(名畵)나 조각, 부조에는 벌거벗은 모습이 많을까? 《명화로 보는 일리아스》에 수록된 작품 중에도 많은 그림이 벌거벗은 모습인데, 실제 작품도 그런 작품이 많기 때문이리라. 신체, 그중에서도 여체의 아름다움이 으뜸이라는 말도 있듯이 작가들은 거기에 초점을 맞추었기 때문일까?

신화에서는 의견이 다를 때, '신(神)'들의 세계인만큼 원만하게 조정해야 함에도, 그리스 신화 속에서는 다른 어느 것을 선택해도 저주받는 것은 확정적인데, 예를 들면 파리스가 황금사과를 선택함에 있어 세 여신 가운데 한 여신의 안을 선택하도록 하는 '파리스의 심판' 같은 것이 좋은 예이다. 운명론 때문일까? "그리스 신화 속 신들이 속 좁기로는 어느 신화와 견주어도 밀리지 않는다."고 했지만.

《일리아스》에는 아킬레우스가 트로이전투에서 승리한 후 친구 파트로클로스를 추모하는 경기를 개최하였는데, 이것이 도시국가들의 제전으로 발전되어 고대올림픽의 효시가 되었다. 당시에 개최된 경기는 전차경주, 복싱, 레슬링, 달리기, 창 싸움, 원반던지기, 활쏘기, 창던지기 등이었다.

《일리아스》에는 "전우들이여, 용기를 잃지 마라! 비겁한 자는 치욕을 남기고 죽기를 각오하는 자는 반드시 살리라. 그러나 도망치는 자는 죽음을 면치 못하리라.", "활시위에서 화살이 끊임없이 날아가고 수많은 창이 대담무쌍한 팔에서 날았다.", "전쟁의 무용은 전능하신 제우스께서 주신 천품이니 더 이상 중언부언하지 않겠다. 산더미 같은 큰 배도 독설로 채워 가라앉힐 수 있고, 혀란 놈은 희귀한 경주자로 온갖 이야깃거리를 쌓아놓고 또 끝없는 이야기의 씨를 사방에 퍼뜨리는 법이니까."(아이네이아스가 아킬레우스에게), "아킬레우스는 여전히 살상을 계속하며 땅 위에다 멸망과 슬픔을 수놓았다.", "필멸의 인간이 불멸의 신을 쫓다니 참으로 무엄하구나."(아폴론이 추격하는 아킬레우스에게), "아폴론이 전능하신 제우스 앞에서 떼를 쓴다 해도 헥토르는 죽음을 피할 수 없다.", "헥토르여, 그따위 흥정을 하다니! 사자와 인간은 흥정을 할 수 없는 법. 이리와 양은 영원히 원수인 것과 마찬가지다."(아킬레우스), "내가 네 따위 놈한테 애원하다니. 차라리 돌에게 싹을 틔우라고 명하는 게 낫겠다. 하지만 기억하라. 너 역시 신의 저주를 받아 아폴론의 화살에 맞아 죽을 날이 올 테니."(헥토르가 아킬레우스에게) 등 전투장면을 묘사하는 문장이 많이 등장한다.

전쟁에서 죽고 죽이는 것을 "신들이 가련한 인간에게 지워 주는 운명의 거미줄", '간발의 차'를 '길쌈할 때의 얼레'와 '여인의 가슴 사이'만큼으로 묘사하고 있는 것은 참신한 번역이다. 인간들의 전쟁인 '트로이아 전쟁'에 신들도 편이 나누어 한쪽 진영을 편드는데, 그리스(아카이아) 진영에는 헤라, 아테나, 포세이돈, 테티스가, 트로이아 진영에는 아프로디테, 아레스, 아폴론, 아르테미스, 레토, 에오스가 있다.

호메로스의 철군여행 《오디세이아》

10년간 계속된 트로이아 전쟁은 그리스군의 승리로 끝난다. 《일리아스》가 트로이아 전쟁 마지막 1년간의 전쟁을 다루고 있는데, 《오디세이아》는 전쟁에서 승리한 후 전쟁영웅 오디세우스가 10년간에 걸쳐 고향 이타케로 돌아오는 과정에서 겪는 고난을 묘사한 대서사시다. "말해다오 뮤즈 여신이여. 숱하

게 돌아다닌 사내의 행적을. 그 사내는 성스런 트로이아의 함락 후 너무 멀리까지 헤매었고, 수많은 인간들의 도시를 보고 풍속을 익혔

다네. 그리고 바다에서 이루 말할 수 없는 고난을 수도 없이 겪었다네."로 시작한다.

그는 트로이아에서 고국 이타케로 귀환하는 동안 10년간을 표류한다. 강풍을 만나 전설의 섬 오기기아의 요정 님페 칼립소에게 7년간이나 붙잡혀 벗어나지 못한다. 오디세우스를 가엾게 여긴 아테나가 구출하나 바다의 신 포세이돈이 풍랑을 일으켜 파이아케스족이 사는 스케리아섬에 상륙, 나우시카를 만난다. 나우시카를 떠난 오디세우스는 식인 거인족 키클로페스를 만나 부하들이 그들의 먹이가 되자 도망치고, 아이올리아섬에서 키르케를 만나 부하들이 돼지로 변하기도 한다.

1년이 지난 후 키르케에게 간청하자 저승인 하데스 궁으로 가 충고를 받으라고 한다. 그녀는 일행이 바닷길을 가는 도중 '세이렌의 노래'로 유혹을 받게 될 터인데, 사공들은 귀를 막고 오디세우스는 돛대에 몸을 묶어 두라고 안내한다. 가는 도중 일행 일부는 스킬라에 잡아먹히고, 카립디스라는 바다 괴물과 사투를 벌인다.

이타케에서는 오디세우스가 돌아오지 않자 10년간 수많은 영주와 호걸 113명이 왕비 페넬로페에게 구혼하고 왕성에 난입하여 재산을 축내는 등 분탕질을 계속한다. 한편 아버지 소식을 알아보고자 아들 텔레마코스는 필로스의 네스토르, 라케다이몬의 메넬라오스 왕 등 트로이아 전쟁의 영웅들을 찾아간다. 페늘롱이 쓴 소설 《텔레마코스의 모험》에는 텔레마코스가 집사이던 멘토르와 함께 오기기아 섬의 칼립소를 만나고, 크레타의 이도메네우스가 다스리는 살렌토를 방문하며, 오디세우스를 사랑한 키르케와 나우시카를 만나 사랑한 것으로 기술하고 있다.

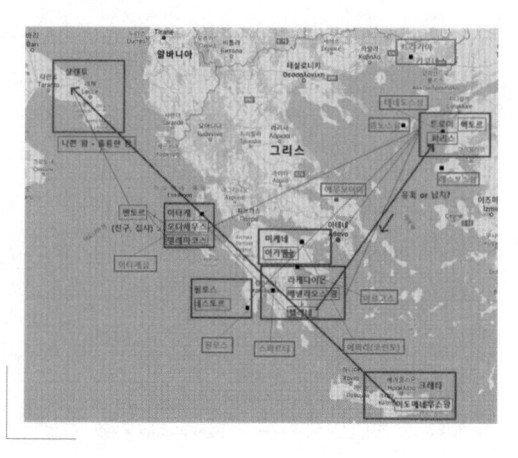

오디세우스의 고난을 안타까워한 아테나가 제우스에게 요청하여 이타케로 귀환한다. 노인거지로 변신한 그는 걸인과 싸우고, 아들 텔레마코스와 돼지치기, 소치기 등 옛 부하들을 지휘하여 구혼자들을 소탕하고 왕비, 부친 라에르테스와 해후하는 것으로 이야기가 끝난다. 미케네의 왕 아가멤논은 아내와 정부에 의해 살해된다. 하지만, 이타케의 왕 오디세우스는 가족들을 사랑하여 트로이아 전쟁에 참전하지 않으려고 미친척하기도 하였으며, 왕비 페넬로페는 전쟁이 끝난 후에도 돌아오지 못했던 기간 중 절개를 지켰고, 전쟁 10년, 표류 10년 도합 20년 만에 만나는 해피엔딩으로 이야기가 끝난다.

전쟁처럼 귀환 과정도 제우스신의 도움 또는 의도한 대로 전개된다. 인간의 의지만으로는 '세상사'를 해결할 수 없음은 《일리아스》에서와 같다. 또한 트로이 전쟁이 '헬레네'란 여성을 둘러싼 사랑이 원인이었듯이, 전장에서 귀환이 늦어진 데는 '칼립소', '나우시카', '키르케', '세이렌' 등 요정이나 아름다운 여성들의 사랑이나 유혹이 게재되어 있고, 이타케 왕국에서의 불안정 역시 '페넬로페'라는 왕비 때문이다. 이처럼 그리스 로마 시대에는 여성과 아름다움, 그리고 사랑과 성이 인간 생활에서 아주 중요한 가치로 숭상되었음을 호메로스의 서사시를 통해 알 수 있다.

동양에서와 달리 문자기록은 물론 이후의 그림이나 조각, 부조에도 나신들이 등장함은 성이 훨씬 더 개방적이었던 것으로 생각된다. 사랑, 결혼 등 통상적인 남녀관계를 넘어 동침이나 간통, 이혼과 재혼, 남매간, 부녀간, 모자간, 가족 간 관계로 태어난 자식들 등이 언급, 기술, 묘사되고 있음은 그런 생각을 갖게 한다. 목욕할 때에도 꼭 시녀들이 시중을 드는 것을 보면, 엄격한 신분 사회였음도 엿볼 수 있다.

신화의 이해를 위해서는 그리스 로마 역사에 대한 이해가 필요한데, 기초지식이 부족하여 지명조차 익숙하지 않아 구글에서 검색, 위치를 찾아보기도 하였다. 보릿가루가 많이 등장하는데, 밀가루와 같은 양식이었을까 궁금하다. 돼지고기에 보릿가루를 뿌려 구웠다는 얘기도 나오는데······

마거릿 캐번디시의
《불타는 세계라 불리는 새로운 세계의 기술》

에밀리 토마스는 "여행기는 대부분 여행경험을 기록하는 논픽션이나, 빌 브라이슨의 《발칙한 미국여행기》, 존 김레트의 《야생의 해안》에는 많은 허구도 포함되어 있다." 면서, 실재하지 않는 상상 속의 지역을 여행하는 가장 재미있는 여행소설로 영국 여류철학자이자 작가인 마거릿 캐번디시(Margaret Lucas Cavendish, 1623~73)의 1666년

소설 《불타는 세계라 불리는 새로운 세계의 기술》이라는 책을 들고

있다.

어느 이국땅을 여행하던 상인이 해안에서 젊은 귀족 여인을 납치한다. 태풍을 만나 북극까지 표류하던 중 상인과 선원들은 모두 사망하고 여인만이 살아남는다. 낯선 땅에서 반수반인(곰, 벌레, 물고기, 새, 파리, 개미, 거위, 이, 원숭이, 거인 등등)의 다양한 인종을 만나 그들의 황제가 사는 '불타는 세계'로 안내된다.

황제는 그녀를 신으로 숭배할 것을 자청하면서 황후로 모신다. 그녀는 태양, 달, 별, 공기, 바람, 눈(雪) 등 자연현상의 운행을 파악한다. 또 망원경과 현미경도 이용하고 학자들에게 생물에 피(血)가 있는지, 생존에 공기와 물이 필요한지, 자연체의 원소 등 공공에 도움이 될 연구와 관찰을 명하는 등 교회와 국가통치에 매진한다.

황후는 기술과 담론으로 불타는 세계를 자신의 종교로 개종하고는, 자신이 '떠나온 세계'로 관심을 돌린다. 황후는 불타는 세계의 여러 영(靈)에게 자문을 구하기도 하고, 영으로부터 가상디, 데카르트, 헬몬트, 홉스, 모어 등 당시 명사들을 '서기'(비서)로 추천받으나 자존심이 강한 남성보다는 여성인 '뉴캐슬 공작부인'을 택한다.

공작부인이 자신만의 세계를 만들어 즐거움과 기쁨을 만끽하자 황후는 공작부인의 세계에서 살고 싶어 한다. 불타는 세계는 질서정연하고 개선할 점이 없기 때문이다. 불타는 세계로부터 고국 여행에 나선 황후는 고국을 괴롭히는 인접국들의 배를 모두 불태우고 주변국들이 조공을 바치도록 한다. 그 고국이 바로 영국이며, 군주이자 지배자는 영국 국왕이다. "해협에 대한 세습적 권리와 특권을 강탈하려는 여러 나라로부터 부당한 공격을 받고있는 영국 국왕의 싸움을 돕고자 왔으며, 국왕이 필요할 때마다 기꺼이 도와주겠다."고 말한다.

공작부인은 내란 전에 남편이 가졌던 재산 이상은 바라지도 않는다고 말한다. 불타는 세계로 돌아온 황후와 즐거운 해후를 한 황제는 공작이 가지고 있던 마구간과 승마장, 연극용 극장 등에 자문을 받은 후 공작부인을 귀국토록 한다.

작가인 마거릿은 찰스1세의 비인 프랑스인 '앙리에타 마리'의 궁정 여관(女官)으로, 왕당파와 의회파 대립 시 파리로 도피했으며, 역시 왕당파이며 상처한 30년 연상인 윌리엄 뉴캐슬 백작과 결혼한다. 이후 백작은 뉴캐슬에서 추방되고 재산을 몰수당한다. 왕당파의 승리로 찰스2세가 즉위한 후 공작 작위를 수여받는다.

뉴캐슬 공작은 책 앞머리에 "콜럼버스는 새 세계를 찾아내고 미국이라 이름 지었네. 새로운 세계는 만들어진 것이 아니라 발견된 것. 그대의 창조적 상상력은 생각했지. 순수한 재치로만 세계를 만들 수 있다고. 그대의 불타는 세계, 별들보다 더 높이 올라가 만물을 천상의 불로 비추네."라고 헌정사를 쓰고 있다. 그는 부인보다 3년 늦게 사망하였다.

마거릿은 '독자에게'란 서문에서 "내가 창조한 세계는 불타는 세계로 이름 붙였다. 이야기의 첫 번째 부분은 로맨스 적, 두 번째는 철학적, 세 번째는 환상적인데, 독자에게 조금이라도 만족을 준다면 나는 아주 행복한 창조자가 될 테고,"라면서, "나는 욕심은 없지만 야심은 과거와 현재, 미래의 그 어떤 여인보다 크다. 알렉산드로스나 카이사르처럼 세상을 정복할 힘도, 시간도, 기회도 없지만 한 세상의 지배자로 살지 못하니 나만의 세상을 만들어냈다."고 말한다. 그곳이 바로 '불타는 세계'다.

과학이 철학으로부터 분리되기 전인 17세기에, 여성으로 '자연철학'에 관심을 가졌으며, 복장이며 행동도 별났던 것으로 알려져 있다. 마지막의 '독자에게 드리는 말'에서 그녀는 "내가 만든 세상들, 즉 불타는 세계와 철학적 세계는 모두 물질의 가장 순수한, 다시 말해 합리적 부분들인 내 정신의 일부분으로 고안되고 이루어졌다. 하지만 전쟁보다 평화, 교활함보다는 재치, 미모보다는 정직을 더 존중하는 나는 헬레네 같은 인물들 대신 마거릿 뉴캐슬이라는 인물을 택했고, 이를 이제는 이 지상 세계 전체를 준다고 해도 바꾸지 않을 것이다."라면서 대단한 자부심으로 충만해 있다.

존 번연의 꿈속의 천국여행 《천로역정》

《천로역정》은 영국의 작가이자
목회자였던 존 번연(John Bunyan,
1628~1688)이 1678년에 출판
한 기독교 우의소설(Christian
allegory fiction)로, 출판 당시 제
목은 《The Pilgrim's Progress
from This World to That Which
Is to Come ; Delivered under
the Similitude of a Dream》로 아
주 길다. 일부에서는 《천로역정》을
영어로 쓴 첫 번째 소설로 보기도 한다.

우리나라에서는 1895년 캐나다 선교사이자 장로교 목사인 제임스 게일(James S. Gale,1863~1937)이 번역·소개하였으며, 한국 근대의 첫 번역소설이다. 일본에서는 원제목을 직역하면 《巡礼者の行程》이 되어야 함에도 1853년 한문으로 《天路歷程》으로 번역된 것을 참고하여 같은 제목을 사용하게 되었다는데, 우리나라도 번역할 때 한문본과 일어본을 참조하였을 것이다. 순례자가 '천국으로 가는 길'이란 뜻이다.

멸망의 도시(City of Destruction)에 살고 있는 무거운 짐을 진 불쌍한 죄인인 주인공 크리스천(Christian)이 구원의 길을 찾지 못해 고통스러워할 때, 전도자(Evangelist)가 나타나 환한 빛(shining light)이 보이는 좁은 문(Wicket gate)으로 가면 천국(Celestial City, 번역서에는 '천성'으로 되어 있음)으로 안내받게 될 것이라고 하여 그는 가족을 버리고 떠난다.

크리스천은 여행길에 고집, 변덕, 도움, 세속현자, 선의, 해석자, 문지기, 겁쟁이, 불신, 경건, 신중, 자비, 마귀 아불루온(Apollyon), 수다쟁이, 질투, 미신, 아첨쟁이, 재판관, 사심, 절망의 거인(Giant Despair), 구두쇠, 성실(Sincere), 무지(Ignorance), 무신론자 등 여러 인물을 만난다. 그들은 사기꾼이거나 위선자들로 크리스천은 그들로부터 천국으로의 여정에 도움을 받기는커녕 방해를 받거나, 그들로 인해 잘못된 길로 들어서고, 감금되거나 자살을 강요받는 등 여정이 지체된다.

크리스천은 신실(Faithful)과 함께 천국으로의 여정에 동행하던 중 헛됨의 시장(Vanity Fair)에서 무고를 당해 재판을 받아 신실은 처형되어 순교하고, 이후 나타난 소망(Hopeful)과 동행하여 우여곡절 끝에 이사야서 45장 17절, 요한복음 10장 27절에서 말하는 '영원한 생명을 얻어 영원히 살게 될 영원한 나라'인 천국까지 가게 된다.

크리스천, 신실, 소망이 다른 사람을 만나거나 서로 간 종교적인 믿음이나 행로를 이야기 할 때에는 '하느님의 율법서와 복음서'인 성서에 기반하여 대화를 주고받는다. 따라서 저자 존 번연이 〈글쓴이의 변〉에서 밝힌 대로 책의 많은 부분에서 천국을 향하는 세 사람과 만나는 사람들 사이의 이야기는 '대화체'로 진행되며, 주된 내용은 '믿음'과 관련되는 것들이다. 이야기 자체가 성서에 바탕을 둔 말씀이다.

'고집'이 가족까지 버리고 천국을 찾아 떠나는 이유를 묻자, 크리스천은 베드로전서 1장4절, 히브리서 11장 16절을 들어 '썩지도, 더러워지지도, 쇠하지도 않는 유업을 찾으러 간다.'고 한다. 시온산에 가려는 이유를 묻는 '신중'에게는 '그곳에 죽음이 없다'는 이사야서 25장 8절과 요한계시록 21장 4절을 인용하여 답하고 있다. 또 크리스천은 지옥의 입구가 보이자 에베소서 6장 18절 및 시편 116장 4절을 인용하여 기도라는 무기를 꺼내면서, "여호아여! 주께 구하오니 내 영혼을 건지소서."라고 답한다.

천국으로 가는 여정은 멸망의 도시에서 출발하는데 이는 현재의 세상을 의미하며, 최종 목적지는 시내 산(Mt. Sinai)이 있는 천국으로 이는 다가올 세상을 상징한다. 가는 도중에는 절망의 늪(Slough of Despond), 좁은 문, 해석의 집, 곤고의 산(Hill Difficulty), 겸손의 골짜기(Valley of Humiliation), 음침의 골짜기(Valley of the Shadow of Death), 헛됨의 시장, 의심의 성(Doubting Castle), 기쁨산맥(The Delectable Mountains), 마법의 땅(The Enchanted Ground), 이사야 62장 4절에 등장하는 '안식의 땅(The Land of Beulah)' 등이 등장한다. 이런 곳에서 순례자들은 쉬거나 안내를 받기도 하지만, 때로는 난관이 도사리거나 갈림길이 있어 고난을 겪거나 헤매어 여정이 늦어진다.

크리스천과 신실, 소망은 만나는 사람들이 잘못된 생각을 가졌을 땐 성서를 인용하여 설득을 시도하나 성공하지 못한다. 그렇지만 순례자 크리스천과 소망은 서로를 격려하며, 마침내 죽음의 강(River of Death)을 건너 히브리서 12장 22~23절에서 말하는 '수를 헤아릴 수 없는 천사들과 의인들의 영이 사는 시온산의 새 예루살렘에 도착', 수금과 면류관을 받고 주님의 기쁨에 참여한다. 순간 잠에서 깬다. 주인공 크리스천의 천국여행은 '꿈속(dream sequence)의 여행'이었다.

나는 성서를 단편적으로 접했을 뿐, 읽어 본 적이 없어 기독교적인 이야기에 익숙하지 않다. 그럼에도 소설 《천로역정》을 읽고 이해하는 데에는 큰 어려움이 없었다. 물론 성서 어느 부분의 얘기인지는 알지 못하지만, 평이한 글쓰기여서 흐름을 파악할 수는 있었다는 의미다. 내가 읽은 책은 1부만 있는 책으로 크리스천 처자의 순례를 다룬 2부는 포함되어 있지 않다. 2부는 1684년에 처음 출판되었다. 국내에는 1,2부를 합본한 번역본도 있고, 어린이용 도서도 출판되었다.

쥘 베른의 《80일간의 세계일주》

《80일간의 세계 일주》는 철도와 증기선의 발달로 세계 각국이 연결되고, 1869년 수에즈 운하가 완성되어 아시아와 유럽의 거리가 가까워진 시기인 1873년에 발표된 소설이다. 당시 사람들은 다른 나라, 다른 문화에 관심이 컸는데 쥘 베른은 《지구 속 여행》(1864), 《달 나라 일주》(1865), 《해저 2만리》(1873) 등 '경이의 여행' 소설을 출판하였으며, 《80일간의 세계일주》 역시 교통수송수단의 발달과 세

계 여행 또는 탐험이라는 당시 세태를 반영한 소설이다.

해야 할 모든 일이 예정되고 기록되고 규칙화되어 있는 '냉철한 영국인'의 전형인 필리어스 포그 경은 '혁신클럽'에서 회원들과 휘스트(whist)라는 카드게임을 한다. 포그 경이 회원들과 영국은행에서 5만5천 파운드를 도난당했다는 뉴스에 관한 대화를 하던 도중 '세계가 좁아져' 범인들의 해외 도피가 쉬워졌단 얘기가 오간다. 그는 〈모닝 크로니클〉의 보도를 인용하여 기계 고장, 기차탈선이나 충돌, 악천후나 폭설, 난파 등 예기치 않은 사정을 고려하더라도 80일이면 충분히 세계일주를 할 수 있다.'고 하면서, 자신의 재산 반인 2만 파운드를 걸고 내기를 건다.

포그는 프랑스 태생의 하인 장 파스파루트를 데리고 곧바로 세계 여행을 떠나는데, 때마침 은행 강도를 쫓던 픽스 형사가 포그를 용의자로 오해하고 뒤따른다. 프랑스의 몽스니, 이탈리아의 브린디시까지 열차로 가, 거기서 배를 이용해 수에즈 운하를 통과해 인도의 뭄바이까지 여행한다. 정부도 수에즈 운하를 규정시간보다 먼저 도착하면 상금을 주고, 포그 역시 선장에게 예정보다 빨리 도착하는 경우 사례금을 주겠다고 약속한다. 이런 것이 빠른 세계 일주 여행에 긍정적 요인으로 작용한다.

뭄바이에서 캘커타까지는 열차 여행을 하는데, 알려진 것과 달리 실제로 약 50마일 구간은 노선이 개설되지 않아 코끼리로 이동한 후 다시 열차를 이용한다. 포그는 여행 도중 죽은 남편을 따라 아내를 화장하는 인신공양의식인 '사티(Sati, 수티 suttee)'가 행해지는 현장을 목격하고 그 여자를 구출하여 캘커타까지 데려간다. 픽스 형사는 포그 경을 캘커타에 붙잡아 두기 위해 하인이 뭄바이에서 종교풍습을 위반하여 사원에 들어간 것을 재판에 붙여, 구금시키는 판결을 내리자 영국식으로 보석금을 내고 풀려난다. 사티에서 도망친 여성은 광신도들이 끝까지 추적하여 처단하는 풍습때문에 무사하지 않을 것 같아, 그녀를 홍콩까지 데려간다.

픽스 형사는 포그 체포영장이 발부되지 않자 홍콩을 떠나면 체포가 어렵다고 생각, 그가 홍콩을 떠나지 못하도록 하고자 하인에게 아편을 투여하여 요코하마행 선편이 예정시간보다 미리 출발한다는 사실을 알릴 수 없도록 한다. 하인은 비몽사몽간에 간신히 당초 예약 선편에 오르나, 포그는 사전 출발 사실을 모르고 배를 놓쳐, 특별선편을 마련, 상하이로 가 그곳에서 요코하마행 선편으로 일본으로 향한다.

일본에서는 곡예단 공연장에서 만나 함께 샌프란시스코로 가 미 대륙횡단 열차를 이용, 시카고를 거쳐 뉴욕으로 향한다. 철길을 어슬렁거리는 들소 떼가 지나가기를 기다리거나, 인디언 습격을 받아 잡혀간 승객을 구출하기 위해 열차가 지체된다. 눈 위를 달리는 썰매까지 이용하나 뉴욕에서 영국 리버풀로 가는 정기선을 놓치고 만다.

뉴욕에서 프랑스 보르도로 가는 화물선을 빌려 타고 가다가 돈으로 선원들의 환심을 사 선장을 감금하고 영국으로 향한다. 포그는 간신히 열차를 이용, 내기한 시간 이전에 런던에 도착할 수 있게 리버풀에 도착한다. 영국에 도착하자 픽스 형사가 포그의 체포영장을 집행하여, 유치장에 입감된 그는 열차를 타지 못한다. 얼마 뒤 되돌아온 형사는 진범이 잡혔음을 알고 사죄하고 그를 풀어준다. 다음 열차로 런던으로 돌아오나 이미 약속한 도착 시간이 지났다.

포그는 인도에서 구출한 여성에게 내기에 져 사정이 바뀌었음을 사죄하나, 그녀는 '친척도 갖고 친구도 갖고 아내로 삼지 않겠느냐?' 고 하여 두 사람은 서로에 대한 사랑을 확인한다. 월요일 결혼 주례를 부탁하러 하인을 목사에게 보내자, 목사는 하루 빠른 일요일임을 말한다. 서쪽인 미국에서 영국으로 돌아와 하루 더 여유가 있음을 알게 된다. 파산했다던 포그는 내기에 승리하고 구출한 여자와 결혼한다. 해피엔딩이다.

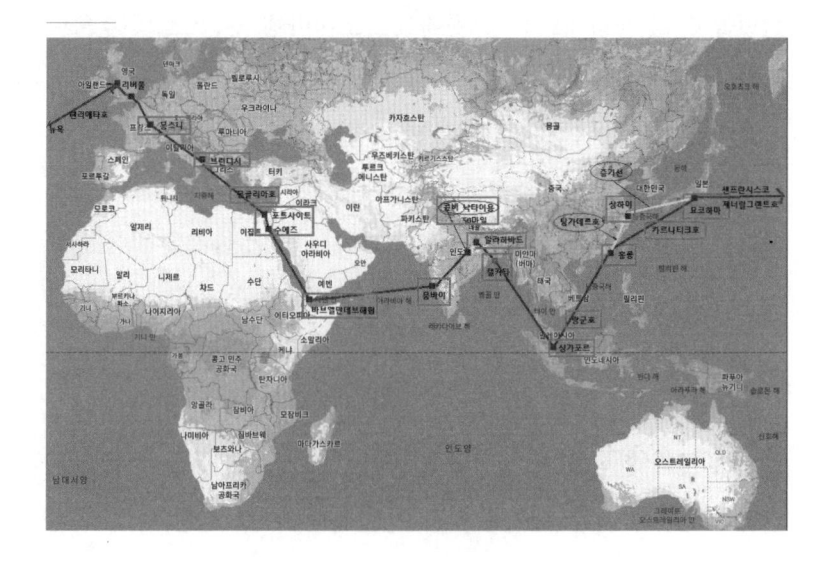

프랑스 소설가인 쥘 베른이 하필이면 주인공을 '영국의 신사'인 필리어스 포그 '경'으로 택했을까? 여러 가지 사유가 있겠지만 초기 장거리 세계여행에서는 인도, 홍콩 등 영국식민지나 미국 등 영국 영향이 큰 지역이 포함되어야 하기 때문이 아닐까란 생각이 들었다. 비자 문제나 영사 조력 등 현실적인 문제도 소설에서 언급되고 있다. 또 장거리 여행인 만큼 인내심과 자제력이 요구되는데, 그런 측면에서 신중한 영국인이 가장 적합한 게 아닐까란 생각도 해보았다.

주인공에 걸맞게 포그 경은 여행 도중 노블레스 오블리주를 실천한다. 여행 일정이 늦어지면 내기에 질 수도 있고, 또 위험이 따를 수 있음에도, 죽은 남편을 위한 제물로 바쳐지는 '사티의식'에 인신공양으로 바쳐지는 여인을 구하거나, 인디언 공격을 받아 포로가 된 승객을 구출하기 위해 수비대와 함께 앞장서서 구출한다.

주인공은 하인이 힌두교 사원에서 신발을 신고 들어가는 등 현지 풍습을 위반하여 제 때에 출발하지 못하고, 또 하인이 자신의 판단으로 픽스가 주인을 미행하고 있고 심지어 협력하기로 하였음에도 그 사실을 알리지 않아 체포되기도 하나 전혀 하인을 질책하지 않아 아래 사람으로부터 진정으로 존경을 이끌어낸다. 그는 누구도 원망하지 않는다.

필리어스 포그 경은 부자이기도 하지만, 자신의 목표달성을 위해서는 돈을 아끼지 않는다. 코끼리를 거금을 주고 사서 이용한 후에는 안내인에게 보너스로 준다든가, 홍콩이나 뉴욕에서 정기 선편을 놓치자 비싸게 용선료를 지불하고 다른 선편을 구해 목적지로 향한다. 배에 석탄연료가 떨어지자 아예 배를 사 철판을 제외하고 탈 수 있는 것을 뜯어 태우는 등 목표달성을 위해 '돈'은 아끼지 않으면서도 '무뢰한 행동'은 하지 않는다. 비자를 발급받기 위해 본인이 직접 출두하거나 하인이 항의나 과격한 행동을 하려 하면 자제시키는 등 법이나 규칙을 어기지 않고 지키려 스스로 노력한다.

영국과 영국인들이 '해가 지지 않는 대영제국'을 건설하기 위해 세계 곳곳을 탐험하고 답사하였음이 명백한데, 소설 중에 "영국인이란 여행하는 나라를 하인들로 하여금 둘러보게 하는 사람들이기 때문에 도시를 구경할 생각은 애당초 하지도 않았다."라는 문장이 들어간 것은 '프랑스 작가'가 좀 삐딱한 시각으로 쓴 것이 아닐까? 포그 경의 여행은 '80일내에 세계일주'라는 분명한 목적의식을 가졌고, 그럼에도 인신 공양 여성이나 열차 승객 구출 등 필요할 때에는 일정에 구애되지 않고 현장을 둘러보기도 했음을 볼 때 그런 생각이 든다.

영국 사람들은 도박을 좋아하고, 영국은 '도박 천국'임을 알 수 있다. 주인공 포그는 돈을 따기 위해서가 아니라 즐기기 위해 카드놀이를 하지만, 세계일주 내기도 휘스트라는 카드게임을 하다가 결정하였으며, 언론도 그 기한 내 세계일주 성공 여부에 대해 경쟁적으로 보도한다. 또 증권시장에서도 세계일주 내기와 관련된 주식이 등장하여 엄청난 거래가 있었고, 주가도 등락하고 있음을 기록하고 있다. 당연히 배 안에서도 카드게임을 한다.

한 마디로 '주인공 필리어스 포그 경'은 영국신사 다웠다. 그리고 그런 그의 '마음과 돈 씀씀이' 덕분에 80일 만에 세계일주를 할 수 있었다는 생각이다.

슈테판 츠바이크의 《이별여행》

슈테판 츠바이크는 1881년 오스
트리아 빈에서 유복한 유대인 가
정에서 태어났다. 대학시절에 시
집 《은빛 현》을 출판하였고, 〈신자
유신문〉 문예란에 자신의 글이 실
리기도 하는 등 문학적으로 인정을
받게 되었다. 그런 연유로 일찍부
터 보들레르, 베를렌, 베르하렌 등
의 작품을 번역하거나 그들과 교분
을 갖게 되는데, 대학졸업 시에 《에

리카의 사랑》이란 소설집을 출간하여 문학적 데뷔를 한다.

1차 세계대전 때에는 '전쟁문서보관소'에서 근무하면서 베르펠과 릴케를 만나기도 한다. 동원이 해제된 후 〈신자유신문〉 스위스 특파원으로 체류하던 사이에 전쟁이 끝났는데, 그 기간 중 로맹 롤랑, 화가 프란츠 마제렐 등과도 자주 어울렸다. 1차 세계대전 이후 히틀러가 집권하기까지, 즉 1919~1932년까지가 슈테판 츠바이크가 왕성하게 활동한 시기였다. 그러나 1933년 베를린에서 그의 책들이 공개적으로 불태워지자 영국으로 건너가 배스(Bath)에 정착한다. 1938년 나치정권이 오스트리아를 독일에 합병하기 전까지는 빈에 드나들었으나 게슈타포가 그의 수집품을 경매에 넘겨버린다. 그는 이듬해인 1939년 영국 국적을 취득한다. 브라질 여행 중이던 1942년 영국이 인도네시아에서 일본인들에게 패했다는 소식을 들은 후 유언장을 작성하고, 친구들에게 편지를 보낸 후 그해 2월 22일 두 번째 부인 로테와 함께 수면제 베로날(veronal)을 먹고 자살함으로써 생을 마감한다.

나는 '도박'과 관련된 소설·영화·오페라·시 등 다양한 예술작품을 접하려고 애썼으며, 리뷰를 작성한 후 일부는 2014년 《그대가 모르는 도박이야기》란 책에 수록하였는데, 슈테판 츠바이크의 중편소설 〈어느 여인의 24시간〉(1929년 작), 〈체스 이야기〉(1942년 작, 마지막 단편)도 포함되어 있다. 또 그의 소설집 《감정의 혼란》도 읽었으며, 거기에 수록된 〈모르는 여인의 편지〉(1927년)도 내 블로그에 후기를 적어 두었다. 피터 박스올(Peter Boxall)의 《죽기 전에 꼭 읽어야 할 책 1001권》 중에도 스테판 츠바이크의 〈체스 이야기〉가 포함되어 있을 정도로 저명한 작가지만, 한국에서는 그리 잘 알려진 작가는 아니다.

《이별여행》이란 책에는 〈이별여행〉과 〈당연한 의심〉이란 두 편의 중편소설과 이사벨 오쎄가 쓴 〈슈테판 츠바이크의 생애와 작품〉이란 평전이 수록되어 있다. 〈이별여행〉은 주인공인 두 남녀가 프랑크푸르트 역에서 하이델베르크로 떠나기 위해 만나는 장면에서 시작한 후 9년 전 두 사람 사이의 만남과 사랑의 감정이 어떻게 시작된 것인지 부터 얘기가 전개된다.

남자 주인공 루트비히는 굴욕적인 가난 때문에 졸부집안의 가정교사가 되어 열심히 공부, 프랑크푸르트 소재 대기업에 입사한다. 하루하루 치열하게 일해 간부들과 사장의 신임을 얻게 된다. 연로하고 건강이 좋지 않은 사장은 그에게 개인비서와 향후를 보장하면서 입주를 제안한다. 가정교사를 하면서 '쓸모없으면 치워버리는 테이블 옆 장식용 함박꽃나무 같은 신세'를 경험하여 돈 몇 푼에 한 줌의 자유를 팔지 않겠다고 그 제안을 거절한다. 사장의 병세가 악화되자 거듭된 부탁도 있고, 현재 지위도 잃고 싶지 않아 그는 마침내 입주하게 된다.

안주인은 첫 인사에서 '자유의 포기'에 감사하면서, 집처럼 편하게 느끼도록 노력하겠다, 집안의 사고방식이나 습관에 문제가 있으면 솔직하게 얘기해달라고 부탁하자, 사람을 편하게 해주는 묘한 매력으로 굳었던 마음이 나른하게 녹아버리고 만다. "그녀의 세심한 배려로 그가 강요받는다는 느낌 없이 집안의 생활반경 안으로 들어

갔으며, 보호받지만 감시당하지 않는다는 느낌을 갖게 되었다." 열한 살 사장 아들과도 좋은 친구가 되고 안주인과 아들 셋이 함께 공연장을 찾는 등 직장에서의 일과 외에는 그녀가 발산하는 온화한 빛 속에서 모든 게 이루어진다. 사랑의 감정이 싹 텄으나 꿈속에서 조차 옷을 벗기지 못했지만, 그는 '그녀의 존재에서 풍기는 향기에 집착했고, 일거수일투족을 음악처럼 음미했고, 신뢰에 행복했고, 자신을 충동질하는 엄청난 감정을 눈치 챌까 두려워 시도 때도 없이 깜짝깜짝 놀라곤 했다.'

어느 날 사장은 멕시코광산 책임자로 2년간 가 있다가 돌아오면 경영책임자가 될 수 있다고 제안하자 지하토굴에서 환한 바깥세상으로 인도해줄 문이 뚫린 것만 같았다. 안주인을 보지 못한다는 심사로 혼란을 겪는 순간 식사하라는 얘기를 하러 들른 안주인에게 그 사실을 털어놓자 그녀 역시 놀라움이 폭발한다. 멕시코로 출발하기까지 두 사람은 사랑에 도취되어 "손이 손을, 입술이 입술을, 끓는 피가 끓는 피를 갈구했고, 한쪽의 모든 것이 다른 한쪽의 모든 것을 열망했으며, 욕망으로 헐떡이는 육체의 어떤 부분이든 서로 느끼고 싶어 온 몸의 신경이 불타올랐으나, 타오르는 열정을 숨겨야 하는 저주받은 운명을 한탄했다." "여기서는 안돼요. 내 집이지만 그의 집이기도 해요. 2년 후에 돌아와서 그때도 나를 원한다면 언제라도 좋아요."라는 안주인의 말을 뒤로하고 그는 멕시코로 떠난다.

'과도한 업무로 자신을 마취해가면서' 편지로 소식을 주고받았는데, 귀환 7주전에 전쟁이 발발한다. 전쟁에 필요한 광물이어서 사업은 급성장하고 그는 멕시코의 독일인 사업가 딸과 결혼한다. 종전 후 베를린에 도착, 프랑크푸르트로 전화하자 번호는 그대로였으며, 오디세우스가 된 기분으로 옛집을 방문한다. 그녀는 "찾아와줘서 얼마나 좋은지 모른다. 몸은 늙었어도 마음은 그대로다."고 응수한다. 그리고 "시간은 우리 마음속에, 우리 의지 속에 그대로 남아 있어요. 이를 악물고 9년을 기다렸어요. 내가 당신을 알게 된 날 이후 나는 언제나 당신의 여자였어요."란 말을 듣고는, 주인공은 이튿날 서로를 잘 몰랐을 때 단둘이 다녀온 하이델베르크로 이별여행을 떠나자고 제안한다.

갑작스런 여행 제안을 받았음에도 그녀는 역에 나타난다. 그곳에서 과거의 사랑을 찾아 그동안의 회포를 풀고자 했으나, 연상이자 상사의 아내인 '가까우면서도 멀고, 사랑하지만 다가갈 수 없었던' 사랑하는 여자와 '과거를 찾아 헤매기만 하는' 어정쩡한 상태로 소설은 끝난다. 두 사람은 끊임없이 과거를 쫓아, 그곳까지 왔지만, 더 이상 과거의 그들이 아니며 헛된 노력을 기울이고 있을 뿐이다. 두 사람 사이의 '심리적'인 사랑의 감정은 옛날과 같을 수 있지만, 세월의 흐름으로 인해 격정적이었던 사랑의 열정은 식어 버렸다. 존재했지만 "존재하지 않는 것을 찾으려고 애쓰며 서로 달아나고 서로 붙잡으려 했을 뿐이다."

〈당연한 의심〉은 식민지 고위관리를 지낸 은퇴 부부가 개척한 지역인 영국 남서부 배스라는 곳에 젊은 부부가 집을 짓고 이웃이 된다. 덩치가 큰 남자는 아이도 없어 귀찮을 정도로 친절하여 그의 아내마저 남편의 부재를 좋아한다. 은퇴부부는 젊은 부부를 위해 친구 집 불도그를 분양해주었는데, 남자는 또 그 불도그에 빠져버린다. 개는 주인의 지나친 사랑에 기고만장해진다. 주인이 응석받이로 키운 탓에 염치없는 동물이 된다.

부인의 임신 소식을 들은 남편은 개를 거들떠보지도 않고 부인에게만 신경을 썼고(개의 독재시대는 끝났다고 표현), 아이까지 태어나자 방문자까지 온통 신경을 그곳에만 쓸 뿐 개는 본체 만 체다. 개가 아이를 안고 있는 남자를 물자, 젊은 부부는 개를 다른 곳으로 보내버린다.

그곳에서 원래 집까지 찾아온 개는 "집안에서 개의 모든 권력을 빼앗아 간 야비하고 교활하고 비겁한 '적'인 유모차의 애기" 때문에 자기를 홀대했음을 안다. 개는 이후 자주 들러 집안사정을 정찰한 후 아무도 없는 틈을 타 유모차를 끌어 운하 속에 처박아 버린다. 아이는 시신으로 발견되지만 사고 원인은 밝혀지지 않는다.

동물에 죄를 뒤집어씌울 일인가란 생각이 들지만 그 개가 살인범이라는 '당연한 의심'은 든다. 관심을 아기에게 빼앗겨 풀이 죽었던 개는 "그래. 나 여기 있어! 어쩔 거야? 고발할 거야?"라며 거만하고 시건방진 동물로 다시 돌아와 있었다.

파스칼 메르시어의 《리스본행 야간열차》

나는 2020년 단순한 여행 가이드북이 아닌 여행 체험이나 소감, 상상속의 여행과 관련되는 책을 여러 권 읽었다. 국내여행 책도 있지만 주로 실크로드, 인도, 유럽 등을 여행한 '실제' 여행기는 물론, 《일리아스》, 《오디세이아》, 산문, 소설 등 '상상 속'의 여행을 다룬 책도 포함되어 있다. 스위스 베른 태생으로 독일 베를린에서 언어철학을  강의하고 있는 파스칼 메르시어(본명 페터 비에리)의 장편 소설 《리스본행 야간열차》도 그중 한편이다. 이 소설은 영화화되어 2014년 국내에도 개봉되었으나 나는 관람하지 못했다.

스위스 베른의 김나지움 그리스어 등 외국어 교사인 그레고리우스는 비오는 날 출근 도중 다리 위에서 자살을 시도하는 포르투갈 여성을 만난다. 그녀는 잊지 않으려고 자신의 손과 선생의 이마에 전화번호를 적은 후 함께 학교까지 따라와 비를 피한 후 떠난다. 실수와 오차가 없는 철두철미한 삶을 살아온 57세의 그레고리우스는 처음으로 인생에서 도망가려고 결심한다. 수업이 끝난 후 에스파냐 서점으로 가 포르투갈의 아마데우 드 프라두의 중고책 《언어의 연금술사》라는 책을 고른다. 의사로, 살라자르 독재정권 저항운동에 참가하였던 저자 프라두의 행적을 추적하기 위한 여행을 떠나기 위해서다.

그레고리우스는 교장에게 돌아올지가 확실하지 않은 긴 여행을 떠난다는 편지를 부치고 로잔, 제네바, 리옹을 거쳐 파리에서 스페인을 지나 포르투갈 리스본으로 가는 열차를 탄다. 그 편지에는 마르쿠스 아우렐리우스의 《명상록》에 쓰인 "누구에게나 인생은 한 번, 단 한 번뿐이므로, 네 인생은 거의 끝나 가는데 너는 살면서 스스로를 돌아보지 않았고 행복할 때도 마치 다른 사람의 영혼인 듯 취급했다……"는 문구도 적어 넣었다.

소설의 시대적 배경은 포르투갈의 안토니우 살라자르가 총리로 장기집권(1932~1968)한 시기로, 비밀경찰을 동원하여 주민을 탄압하다가 1970년 사망하고, 1974년 카네이션 혁명으로 살라자르 체제가 완전 붕괴되기 전까지다.

주요 등장인물은 척추경직증을 앓는 유명한 판사로 '부당한 정권에 저항하지 않고 계속 관직에 머무름을 자책하고 자살'한 알렉산드라 프라두, 아버지의 질병치료와 어머니의 소원으로 의사가 된 아마데우 드 프라두, 프라두의 김나지움 친구이자 연적인 약사 조르지, 프라두가 믿은 단 한 명의 여자이며, '지순하고 손을 대지 않았던 사랑'이고, 김나지움 인근 여학교 학생으로 간호사가 된 마리아 주앙(프라두는 그녀를 자신의 사유세계의 주민으로 만들고, 그 세계에는 두 사람만 있다). 우체국 직원으로 야학 빙자 체제저항집회 간사역을 했던 에스테파니아(조르지의 애인이었으나 비밀탄로 방지를 위해 살해하려 하자 프라두가 스페인 살라망카로 도피시킴), 프랑스 비아리츠에서 도자기 사업을 하는 포르투갈인 실우베이라, 리스본의 안과의사 마리아나 에사와 그녀의 삼촌으로 저항운동이 발각되어 고문후유증을 앓고 요양원에 있는 주앙 에사, 열아홉 살 때 음식을 잘못 삼켜 프라두가 윤상갑상연골절제술로 살려내 생명의 은인으로 오빠에게 헌신하는 여동생 아드리아나 등이다.

소설은 출발, 만남, 시도, 귀로의 4개 파트로 나누어져 있는 상당히 긴 장편(571쪽)이며, 현실과 꿈, 과거와 현재, 대화와 책속의 글, 편지, 쓴 글 등 다양한 내용이 포함되어 있다. 또 감각적인 행동보다는 사유와 관련된 내용이 많아 일반 소설 보다 읽는데 더 많은 주의와 시간이 필요하였다.

그레고리우스는 리스본 체류기간 중 비행기로 취리히공항을 이

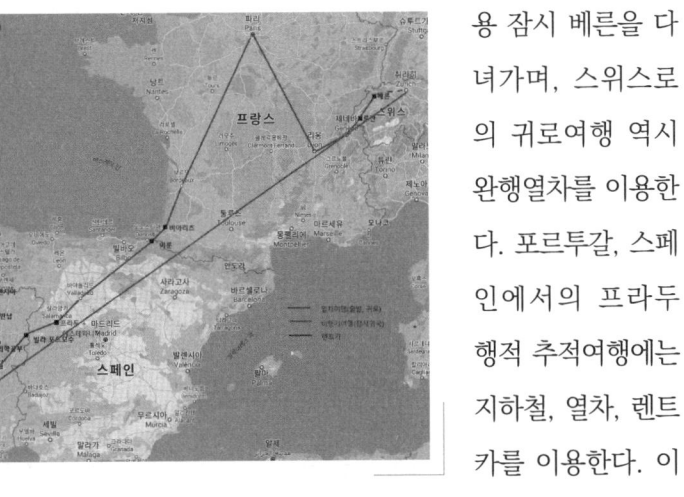

용 잠시 베른을 다
녀가며, 스위스로
의 귀로여행 역시
완행열차를 이용한
다. 포르투갈, 스페
인에서의 프라두
행적 추적여행에는
지하철, 열차, 렌트
카를 이용한다. 이

해의 편의를 위해 내 스스로 주요 여행지와 경유지 지도를 작성해
보았다.

그레고리우스는 기차여행 중 스페인 국경에 가까운 비아리츠에서
실우베이라를 만난다. 그는 리스본 호텔을 예약해주며, 그의 깨어
진 근시안경을 고칠 안과의사 마리아나 에사도 소개해준다. 그레고
리우스는 나중에 그의 집에서 기거하며, 프라두가 다녔던 폐교가 된
중등학교도 함께 방문한다. 마리아나 에사로부터는 삼촌 주앙 에사
를 소개받고, 프라두의 중고 책을 판매한 책방 주인을 알아내는 데
도움을 받는다.

그레고리우스는 책방주인으로부터 주민들로부터 칭송받던 의사
프라두가 '의사'로서 독재정권의 앞잡이 비밀경찰인 '리스본의 인간
백정' 멩지스의 생명을 구해준 사실을 듣는다. 멩지스는 저항운동을

하는 프라두를 몰래 지켜주고, 투옥된 주앙 에사 면회도 허용한다. 인간백정을 살려준 사실이 알려지자 주민들과 환자 가족들은 프라두에게 토마토를 던지고 침을 뱉는 등, 신의 사자에서 배신자로 낙인찍는다. 그는 자존심에 상처를 입고 경멸에서 오는 외로움을 느끼며, 글로 표현하기도 한다.

그레고리우스는 프라두 사망 후 그가 운영하던 푸른 병원을 '오빠의 성전이자 제단'으로 보존하고 있는 여동생 아드리아나를 만나, 오빠와 함께 저항운동을 하였던 조르지와 저항운동 간사 에스테파니아에 대한 부정적인 의견을 듣는다. 그레고리우스는 또 다른 여동생 티나를 만나 언니, 올케, 마리아 주앙 등과 오빠와의 사이에 관한 얘기를, 프라두의 중등학교시절 신부로부터는 그가 졸업식 연설에서 독재정부를 규탄하는 '역사라는 배에 탄 대담무쌍한 모험가'라는 얘기를 듣고 프라두 장례식 미사도 집전했음을 알게 된다.

프라두는 중등학교 졸업식에서 "우리 몸과 독자적인 생각에 악마의 낙인을 찍고, 우리의 경험가운데 최고의 것들을 죄로 낙인찍는 세상, 우리에게 독재자와 압제자의 자객을 사랑하라고 요구하는 세상, 마비시킬 듯한 그들의 잔혹한 군화 소리가 골목에서 울려도, 그들이 고양이나 비겁한 그림자처럼 소리 없이 거리로 숨어들어 번쩍이는 칼날로 등 뒤에서 희생자의 가슴까지 꿰뚫어도 용서하고 사랑하라는 세상에서는 살고 싶지 않다. 필요하다면 무기까지도 들고 독재자에게 대항하여 일어나야 할 힘을 얻지 못하도록 사람들의 의지를 꺾고 용기와 자신감을 빼앗았다."는 내용의 연설을 한다. "독재가 하나의 현실이라면 혁명은 하나의 의무다."란 생각을 가졌던 것이다.

그레고리우스는 프라두가 믿는 유일한 여자인 마리아 주앙으로부터는 "부모들의 자식에 대한 기대를 보아 온 프라두는 영혼의 짐을 져야 할 아이, 스스로를 방어할 수 없는 작은 아이의 아버지가 되지 않기 위해 결혼 전에 수술했으며, 이 사실은 아내 파치마는 모른다."는 얘기를 듣는다. 프라두는 그녀가 의사가 되기를 원했으나 간호사가 되었으며, 그녀는 "누군가의 목숨을 구한 사람은 자기가 구한 사람과 가볍고도 빠른 작별을 해야 한다. 생명을 구하는 일은 자신에게나 타인에게 견딜 수 없는 부담이 된다."고 하면서, 프라두는 누이의 광적인 신앙과 같은 감사, 노예와도 같은 굴욕적인 태도에 구역질을 느낄 정도였다고 밝힌다.

프라두는 "사랑에는 욕망과 만족과 편안함 밖에 없다. 모두가 헛된 것이고 언젠가는 결국 부서지는 것인 만큼 '신의'가 중요하다"고 했다. 그래서 친구인 조르지와의 신의 때문에 에스테파니아의 포르투갈 탈주를 비밀스럽게 처리한다. 프라두는 에스테파니아의 육체뿐만 아니라 정신까지 원했으며, 함께 스페인의 '세상의 끝'인 피니스테레로 여행하던 중 브라질로 가자고 했을 때, 그녀가 '자신만의 여행, 자기 영혼의 억압된 분노를 향한 여행'이므로 동행할 수 없다고 하자, 프라두는 존엄성을 잃었다고 생각하여 그녀에게 냉냉해졌다.

그레고리우스는 프라두가 의학공부를 하던 코임브라의 강의실, 도서관, 살던 골목도 갔고 에스테파니아와 함께 갔을지도 모르는 피니스테레까지 방문한다. 그는 마리아 주앙이 프라두로부터 받은 아내 파치마에게 쓴 편지를 뜯지 않은 채로 받았으며, 여동생으로부터는 아버지가 아들 프라두에게 죽기 하루 전에 쓴 편지, 대학생 아들이 판사 아버지에게 쓴 편지, 프라두가 에스파냐여행에서 돌아온 후쓴 글, 다른 여동생 티나로부터 받은 프라두가 어머니에게 작별을 고하는 글을 받는다. 모두 상대에게 말하지 않았던, 못했던 진솔한 얘기가 포함되어 있다.

그레고리우스는 만났던 여러 사람들과 작별인사를 하면서 저항운동의 역사를 저술하기 위해 포르투갈로 다시 돌아오겠다는 의향을 밝힌다. 그레고리우스는 귀로에 에스테파니아가 근무하고 있는 스페인 살라망카에 내려 그녀를 만나 프라두와의 관계를 듣는다. 그레고리우스는 리스본여행에서 프라두의 행적을 추적한다는 여행목적을 충분히 달성했다!

프라두는 "여행은 길다. 이 여행이 끝나지 않길 바랄 때도 있다. 아주 드물게 존재하는, 소중한 날들이다. 다른 날에는 기차가 영원히 멈추어 설 마지막 터널이 있다는 사실에 안도한다."고 하는데, 그는 "난 터널을 좋아한다. 터널은 희망의 상징이다."라고 말한다. 마리아 주앙은 "프라두는 언제나 멀리 떠나려고, 자신에게 상상을 열어주는 공간에 휩쓸려가고 싶은 열망에 몸을 떨었지요. 하지만 리스본을 떠나면 바로 향수병에 걸렸어요. 리스본은 보호벽이 가장 견고한 곳이어서 갑자기 여행을 중단하고 도망치듯 집으로 돌아오기도 했다."고 한다.

그레고리우스는 제자이던 플로렌스와 결혼하였으나 5년 만에 이혼하였고, 포르투갈 사업가 실우베이라 역시 이혼하고 혼자서 살고 있으며, 그레고리우스의 제자들도 '파트너'와 직업과 자녀가 있다는 설명에서처럼, 유럽에서의 결혼과 이혼에 대한 사회적 인식은 한국과 다르다는 것을 소설에서 알 수 있다.

여행의 시발은 자살하려던 포르투갈 여자 때문이었고, 그녀가 적었던 전화번호도 갖고 있으면서도 여행 중 간간이 그녀 생각만 떠올릴 뿐 찾아보려는 노력을 하지 않아 '독자의 상상력'과는 부합하지 않는다. 또 그레고리우스는 아내가 "체스는 그렇게 잘 두면서 왜 인생에서 싸울 줄은 몰라요?"라고 말하면, 그는 "인생에서 싸우는 건 웃기는 일이다. 자기 자신과 싸울 일만 해도 얼마나 많은데."라고 했듯이, "혹 유럽인들의 삶은 우리의 인생보다 더 여유로웠던 건 아닐까?"라는 생각도 해 보았다.

나는 이 소설이 "배경은 유럽이지만 그곳에서도 아버지와 아들은 소통이 원활하지 못하고, 어머니는 아들에 대한 기대가 크다는 것, 남자는 정신적, 육체적 욕구를 분출할 아내 아닌 다른 여자를 두려하고, 친구와의 신의를 중시하고 있구나."라는 보편적(?) 삶을 다루고 있다는 느낌을 받았다.

프라두는 "글을 쓰지 않으면 사람은 결코 깨어 있다고 할 수 없어. 자기가 누구인지 알지 못해. 자기가 어떤 사람이 아닌지는 더욱 알지 못하고."라고 하였는데, 내가 누구인지를 알기 위해서라도 책을 읽고 글을 써야겠다는 생각을 해본다.

프랑수아 를로르의 《엑또르씨의 사랑 여행》

나는 '여행작가' 수업을 수강하고 있어, 소설, 에세이, 시 등 다양한 종류의 '여행'과 관련되는 책들을 찾아서 읽는다. 많은 책 중 《꾸뻬씨의 ○○여행》이란 '시리즈' 책이 많이 알려져 있었는데, 읽어보지는 않았다. 중고서점에서 프랑수아 를로르의 소설 《엑또르씨의 사랑 여행》이란 책을 발견하고는 구입하여 읽었다. 그런데, 저자소개에서 "국내에서는 꾸뻬씨로 소개되었다"라는 문구가 포함되어 있었다. 검색해보니 번역자도 같은 분이

며, 목차도 동일하고(다만 등장인물 중 '코어모랜 교수'를 '코르모랑 교수'로 표기하고 있었다.), 출판사만 달랐다.(원서명의 불어표기는 'Hector'였다)

다국적 제약회사는 '사랑의 감정을 제어하는 약인 사랑의 묘약'을 개발하고 있는데, 코어모랜 교수에게 의뢰하여 시약을 개발하고 있다. 엑또르씨는 정신과 의사로 사랑 때문에 우울증으로 고민하는 사람들을 상담하며, 아내가 직원으로 있는 그 제약사의 자문위원으로도 활동하고 있다.

"이성의 동의 아래 발휘되는 선천적 광기"인 사랑은 "가장 큰 행복의 원천이며 동시에 가장 고통스러운 불행의 원인이기도 하다." 사랑은 도파민과 관련이 있는 육체관계를 갖고 싶은 성적 욕망인 사랑과, 옥시토신과 연관되며 정서적으로 상호 교감하는 감정인 애정의 두 가지로 구성되어 있다. 사랑을 잃게 되는 실연에는 결핍, 죄의식, 분노, 자기비하, 두려움의 다섯 가지 요소가 작용하는데, 바로 제약회사는 이런 감정을 조절할 수 있는 약, 즉 사랑을 지속할 수 있는 약과 지속하고 싶지 않을 때 끊을 수 있는 해독제를 개발하는 프로젝트를 수행하고 있다.

어느 정도 시약개발이 진행된 상황에서 코어모랜 교수가 사라지자 제약회사는 엑또르에게 추적업무를 맡긴다. 그는 프랑스식민지였던 캄보디아 호텔의 여직원과 함께 상하이, 다시 캄보디아로 교수를 추적한다. 교수는 엑또르에게 가짜 시약(나중에 가짜임을 밝힌다)을 주어 사랑을 시험토록 하였던 것이다.(플라시보 효과) 제약회사는 연구를 돕는 일본인 조교, 엑또르를 감시하는 프랑스 사업가를 이중삼중으로 배치하여 프로젝트를 수행한다.

과거 프랑스 식민지였던 라오스, 베트남, 캄보디아 사이의 국경이 명확하지 않은 지역에서 시약을 개발하고 있는 현장에 개발된 시약 샘플을 회수하러 헬리콥터로 특별팀을 보내지만, 현지 주민에 의해 결박당해 회수에 실패한다.

무시당한 사랑, 지나친 사랑, 부족한 사랑, 종말을 맞은 사랑 등으로 인해 고통받는 사람들을 치료해 줄 수 있는 시약을 확보한 엑또르는 그 시약을 흐르는 급류에 던져버린다. "사랑이란 둘이 하는 놀이 훨씬 이상의 것. 사랑은 반드시 정당해야 된다는 법은 없다. 사랑은 복잡한 것이며 괴로운 것이고 온갖 불행의 원천이다. 사랑의 구성요소는 실연의 다른 면인 충만함, 만족감, 감사, 자신에 대한 믿음, 평정이다. 사랑이란 우리의 꿈이 현실로 변하는 유일한 순간이다."

사랑과 연구, 사업 등 현실을 고려하여 등장인물들과 실험 대상이었던 오랑우탄 모두 각자의 자리로 돌아간다는 것이 소설의 결말이다.

엑또르의 사랑의 27계명

남녀 간의 사랑으로 힘들어 하는 많은 사람들을 상담하면서 엑또르가 탐구한 사랑의 27계명은 다음과 같다.

1. 무슨 일이 있어도 다투지 않는 것, 그게 바로 이상적인 사랑이다.

2. 때로는 가장 사랑하는 사람과 가장 크게 다투기도 한다.

3. 싸우지 않고는 사랑을 얻을 수 없다.

4. 진정한 사랑, 그것은 바람을 피우고 싶어 하지 않는 것이다.

5. 진정한 사랑, 그것은 바람을 피우지 않는 것이다. 그러고 싶은 생각이 들더라도.

6. 진정한 사랑, 그것은 상대가 뭘 원하는지 항상 헤아리는 것이다.

7. 사랑을 하면서 상대가 당신 생각을 헤아리는 건 경탄할만한 일이다. 하지만 자신의 생각을 표현해서 그를 도와줄 줄도 알아야 한다.

8. 성적 욕망은 사랑에 필요하다.

9. 그리움은 사랑의 한 증거다.

10. 남성의 성적 욕망은 온갖 끔찍한 상황을 야기한다.

11. 질투는 사랑과 떼려야 뗄 수 없는 관계에 있다.

12. 열정적인 사랑은 같이 살기 시작한 지 18개월에서 36개월이면 차갑게 식어버린다.

13. 열정적인 사랑은 대체로 몹시 부당하다.

14. 여자들은 사랑을 하고 있을 때도 항상 사랑의 감정에 대해 공상의 나래를 편다.

15. 사랑을 하게 되면 비록 상대가 하는 말을 알아듣지 못하더라도 그를 이해할 수 있다.

16. 질투는 욕망과 떼려야 뗄 수 없는 관계에 있다.

17. 질투를 한다는 건 곧 애정이 있다는 증거다.

18. 사랑이란 상대가 불행해지면 그걸 즉시 느끼는 것이다.

19. 사랑, 그것은 이해관계와 감정의 혼합물이다.

20. 사랑이란, 다른 사람들은 그걸 느끼지 못할 때에도 당신은 당신이 사랑하는 사람의 아름다움을 느끼는 것이다.

21. 사랑은 시련 속에서 그 모습을 드러낸다.

22. 사랑, 그것은 상대를 보는 순간 미소 짓는 것이다.

23. 사랑이란 회전문과도 같다. 그 주위를 뱅글뱅글 돌기만 할 뿐 결코 서로 만나지 못한다.

24. 어떤 임무를 맡아서 완수하는 것이야말로 사랑의 고통을 이겨내는 가장 좋은 방법이다.

25. 사랑, 그것은 꿈꿀 줄 아는 것, 그리고 나서는 꿈꾸기를 중단할 줄 아는 것이다.

26. 사랑, 그것은 포기할 줄 아는 것이다.

27. 사랑이란 하나의 사랑을 선택하는 일이다.

정승호의 《가보지 않은 여행기》

《가보지 않은 여행기》의 저자 정승호는 '글쓰기'가 직업이었다. 초반에는 기자로서 '뉴스가치'를 쫓아 글을 썼으므로 책읽기가 필수는 아니었을지 모른다. 그러나 후반부에는 칼럼니스트로 시사뿐만 아니라 사상이나 사회현상에 대한 평이 들어가는 글쓰기를 하였으므로 '책을 읽어야만' 했을 것이다. 그는 자신의 느낌과 생각을 글로 정리하는 일에는 이골이 났을 것이다. 더하여 "인공으로 된 모든 문화물 가운데, 꽃이요, 천사요, 제왕인 책"을 가까이 하면서 '가보지 않은' 무궁무진한 세계를 탐사하였을 것이다.

《가보지 않은 여행기》는 바로 자신이 읽은 책들의 저자나 주인공들의 숨결과 손길이 닿은 장소를 추적하여, '상상의 나래'를 동원해 쓴 '여행기'이다. 즉 여행지에서 자신이 직접 겪은 경험이나 느낌을 적은 것이 아니다. "꼭 한번 그곳에 가고 싶다."는 바람에서, 저자의 자서전이나 관련서적, 구글이나 위키피디어 또는 여행자들의 블로그 등에서 지리와 느낌을 차용하고, 자신의 상상력을 보태 쓴 여행기이다. 철저한 '문헌조사'를 바탕으로, 비록 가 보지는 않았지만 '그곳에는 이런 사연이 있으며, 자신 또는 한국과는 어떤 연관성이 있거나 떠오른다.'고 친절하게 소개한다. 여행지 선정이나 상상 속 여행일정의 합리성을 뒷받침하기 위해 '원전'의 해당부분을 그대로 인용하고 있다.

모두 15개장으로 된 여행기에는 괴테의 《이탈리아 여행》에 등장하는 베니스, 오르한 파묵의 《순수박물관》의 배경인 이스탄불, 빅토르 위고가 작품을 쓴 채널군도, 미하일 레르몬토프의 《우리 시대의 영웅》의 배경인 캅카스 산맥, 할도르 락스네스의 《빙하 아래》란 소설의 무대인 아이슬란드 스내펠스 화산 등이 등장하는데, 그곳이 바로 정승호의 여행지다.

〈아버지의 이름으로, 피를 찍어 쓰다〉라는 여행기는 존 R.R.톨킨의 《반지의 제왕》이란 책을 읽고 쓴 것이다. 정승호는 《반지의 제왕》

을 구상하고 썼던 옥스퍼드대학이 있는 옥스퍼드, 톨킨이 어린 시절 살았던 버밍엄과 그가 태어났던 남아공의 블룸폰테인까지 추적하여 여행한다. 보통여행자가 여행 전 또는 여행 중에 지도를 보듯, 구글 검색창에 해당 장소를 입력하여 정확한 위치를 파악함은 물론, 주변에 무엇이 있었고 있는지를 살핀다. 그리고《반지의 제왕》의 창작 원천은 무엇일까?, 작가의 생활은 어떠했을까?, 신화적 판타지 작품을 쓴 동기는 무엇일까? 등등을 '합리적인 상상력'으로 엮어나간다.

가령 버밍엄에서 기억이 없거나, 있어도 희미할, 남아프리카공화국의 주택 비슷한 건물을 보면 두리번거렸을 것이라든가, 시내 외곽 전원에서 어머니로부터 책을 읽고 글쓰기를 배우고, 시내로 이사한 후 당뇨병으로 어머니마저 사망하자 후견인인 신부에게 의지하며 철저한 신앙생활을 하였다는 등 추측과 실제를 버무려 글을 풀어나간다. 또한 교수였지만 자녀가 많아 생활비를 벌충하기 위해 아르바이트를 했으며, 영국만의 고유한 신화를 갈구하는 '애국적 동기'도《반지의 제왕》을 쓰는 데 한몫했을 것이라 쓰고 있다. 그의 여행기에는 프로복서 홍수환이 밴텀급 세계챔피언이 되었던 블룸폰테인 인근 도시 더반까지 등장한다.

《반지의 제왕》은 전 세계에서 1억 5천만 권이 팔려 찰스 디킨스의《두 도시 이야기》 다음으로 많이 팔린 문학책, 가장 재미있는 책 1위, 영화화 수입액 40조원, 작고 작가 중 6번째로 수입을 올린 작가라는 통계까지 덧붙이고 있어, 그야말로 '작가와 작품에 관한 백과사전'식 글쓰기를 시도했다.

《동물농장》,《1984년》으로 알려진 조지 오웰의 개명하기 전 원래 이름은 에릭 블레어로, 그는 영국식민지였던 미얀마에서 경찰관 생활을 하였다. 블레어는 미얀마에서 교수형 집행을 목격한 내용을 쓴 《교수형》(1931년), 코끼리를 쏘아죽인 경험을 쓴 《코끼리를 쏘다》(1936년)를 발표하였는데, 그 작품의 배경장소를 모울미엉(몰메인) 또는 양곤(랑군)으로 추정한다. 글 속에는 영화장면처럼 섬세한 묘사가 등장하는데, 경험한 사람만이 쓸 수 있는 글이다.

조지 오웰은 《파리와 런던의 밑바닥 생활》(1933년)이란 단행본에서 처음으로 필명을 사용하였으며, 그는 글을 쓰기 위해 실제로 거지, 부랑자, 막노동자가 되어 밑바닥 삶을 체험했다고 한다. "그는 체험했기 때문에 글을 쓴 것이 아니라 글을 쓰기 위해 체험한 사람"이다. 또 오웰 평전에 톨스토이의 《전쟁과 평화》를 읽었다는 내용이 들어가 있는데, 정승호는 이를 근거로 "톨스토이의 사형집행 장면을 읽은 오웰이 사형장이 있는 모울미엉으로 발령나자, 교수형장면을 직접 경험한 후 《교수형》을 썼을 것이란 생각이 든다."고 상상한다.

정승호는 그곳에 오웰의 흔적이 있는지 국내외 사이트를 검색해 보았더니 없다고 하면서, '가보지 않은 여행지' 중 유일하게 "모울미엉에는 가보지 않아도 되겠지."라고 쓰고 있다. 이 글 속에서도 역시 한국 사람들은 미얀마 도시 중 만달레이와 바간을 주로 찾는다고 관련성을 언급하고 있다.

1982년에는 콜롬비아의 가브리엘 마르케스가 노벨문학상을 수상한다. 그의 자서전 《이야기하기 위해 살다》에는 아버지와 어머니의 사랑과 가족들의 삶에 얽힌 카리브해 연안의 여러 도시가 등장한다. 정승호는 영화 〈007 네버 세이, 네버 어게인〉, 〈칵테일〉, 〈본 아이덴티티〉에서 맑고 푸른 하늘, 흰 구름과 모래, 정열적인 춤과 노래, 물결을 가르는 제트스키 등을 보아 카리브해가 익숙하지만, 실제로 여행하면서 그곳의 공기를 '크게 들이마시고 싶다'고 하면서 콜롬비아를 여행한다.

아라카타카는 마르케스가 태어난 곳이고 소설 《백 년 동안의 고독》, 《콜레라 시대의 사랑》의 탄생배경이다. 바랑카스는 마르케스의 외조부가 놈팡이이던 아버지와 어머니와의 사랑을 떼놓으려 했던 외조부의 고향이다. 그곳으로 가는 도중 어머니가 강제적인 이별이 아쉬워 자살을 결심했던 벼랑길도 등장한다. 두 사람은 결혼 후 아라카타카에서 마르케스를 낳자마자 외가에 맡기고 약국을 차리러 바랑키야로 가며, 마르케스는 한때 그곳 신문사에서 일했다.

정승호는 바랑카스 벼랑길을 자신의 어머니가 시집오던 길, 외갓집 가던 길과 비교한다. 《백 년 동안의 고독》은 콜롬비아 군사정권하에서 미국 자본에 의한 바나나농장에서의 노동자 착취와 탄압 등을 다루고 있는데, 유신체제가 한창이던 시절 어떻게 그 소설이 국내에서 번역·출판되었는지 의아해 한다.

정승호는 마지막 15장에서 셰릴 스트레이드의 《와일드》에 등장하는 태평양산맥 트레일(PCT), 빌 브라이슨의 《나를 부르는 숲》에 등장하는 애팔래치안 트레일(AT)을 상상 여행한다. 다른 14곳의 여행지는 '가보지 않은 상상 속의 여행지'이나, 이 두 곳 중 일부 구간은

LA한국일보 근무 또는 취재차 들러 익숙한 곳도 있다고 밝힌다. 한국인들은 백두대간은 '끊어 가기'방식으로 종주를 하고, 스페인 산티아고는 단번에 종주하는데, 미국의 PCT, AT 등 종주는 '끊어 가기'방식은 공인해주지 않는다고 한다.

나는 2005년부터 개인 블로그를 운영하는데, 블로그의 글 중에는 국내외여행기가 많이 포함되어 있다. 2020년 1월, 내가 여행한 곳 중 '해외' 여행기만을 추려《세상을 걷고 추억을 쓰다》란 여행에세이를 출판하였다. '가보지 않은 여행기'가 아니라 '가본 여행기'다. 정승호의 책을 읽고 '이렇게 여행기를 쓸 수도 있구나!'란 생각이 들었다. 출판 전에《가보지 않은 여행기》를 읽었다면, 보완하느라 아직도 내 책이 나오지 않았을 것 같다. '보았던 것만을, 따분한 문체로, 뭔가 전달하겠다는 욕심에서' 쓴 글들이어서, 많은 수정이 필요하기 때문이다.

'인생은 여행'이라고 했는데, 읽고 체험하는 것도 여행이니 코로나19로 묶인 '발'이 아니라, 언제라도 쓸 수 있는 '머리'를 써 오늘도 여행을 해 볼까 한다.

권지예의 《베로니카의 눈물》

2002년부터 2009년까지 문화일보에 연재되었던 이원호의 소설 〈강안남자〉는 '조철봉'이라는 남자 주인공의 '닥치고 섹스' 때문에 청와대 홍보수석실에서 절독을 주도할 만큼 음란성이 도마에 올랐던 소설이다. 그 후속 연재소설이 바로 권지예 작가의 소설 《유혹》이다. 이 소설 역시 여자주인공 '오유미'의 '남성 편력'으로 사무실에서 '석간'인 문화일보를 구독하는 한 이유가 되었을 정도로 화제가 되

기도 했다. 권지예 작가는 2002년엔 이상문학상, 2005년엔 동인문
학상을 수상한 작가이다.

《베로니카의 눈물》은 2019년 12월에 출판된 권지예 작가의 중단
편 소설 6편을 엮은 '소설집'이다. 책 제목이기도 한 〈베로니카의 눈
물〉이란 중편소설은 요즈음 해외여행 패턴으로 등장한 '000에서 0
달 살아보기'로, 쿠바 아바나 도착에서 귀국까지 몇 달을 생활하면
서 부닥친 에피소드를 묘사한 일종의 '해외 여행기'적 성격의 소설
이다.

소설이 갖는 '허구성'을 감지하지 못할 정도로 쿠바에서의 안착 과
정과 생활여건을 사실적으로 묘사하고 있다는 느낌이 든다. 작가 역
시 "소설이 현실의 기록이지만, 소설 속 인생 또한 작가가 집필하던
당대의 현실"이라고 '작가의 말'에서 밝히고 있다. 등장인물도 적고
소설 길이에 비해 구성 역시 복잡하지 않으며 단순한 '현지 생활' 묘
사여서 '현실적'이다.

'돈이면 다 되는' 자본주의 시장경제에서 살아온 주인공이, '돈
이 있어도 생필품조차 사거나(꽁프라르, comprar) 구할(부스까르,
buscar) 수 없는' 공산주의 배급경제에서의 경험을 '과장 없이' 기술
하고 있다. 시내버스에서도 팡팡 터지는 와이파이 천국 한국에서 살
다 호텔에 가야 인터넷으로 외부세계와 소통할 수 있는 아바나에서,
현지인들이 호텔 와이파이 가능 구역까지 접근하여 휴대폰으로 소
통하는 모습, 성냥으로 불을 붙여야 하는 가스레인지나 보일러, 내

국인은 호텔에 출입할 수 없도록 하고, 외국인 체류 동향은 관리인이 몇 주마다 이민국에 신고하며, 택시비나 물가도 내외국인에 차등을 두는 내외국인 분리정책, 이혼을 해도 집이 없어 전·현 가족들이 한집에 사는 복잡한 가족 구성원, "되는 일도 없고, 안 되는 일도 없이 그냥 파도에, 리듬에 인생의 시간에 몸을 싣고 느리게 흘러가는" 쿠바의 생활을 담담하게 쓰고 있다.

안 가보아 알 수는 없지만 '먹고살기 힘들어 의사도 비번인 날에 수리기사로 투잡을 뛰어야' 하는, 그러면서도 '가난하지만 나눠주려는 마음을 가진 주민들'의 일상을 읽으면서, 돈이 삶의 전부는 아니란 생각도 들었다. '베로니카'는 바로 아바나 임대아파트 관리인인 70대의 뚱뚱한 백인 여성이다. 약속을 잘 지키지 않지만 매번 나름의 사유가 있고, 돈이 있으면 임대주택을 운영해보겠다며 '돈 모으는 꿈'도 버리지 않고 있는 베로니카는 '한국인 딸'의 적선에 눈물을 보인다.

쿠바 아바나 '마시란 해변의 낙조를 바라보는 것처럼 생에서 만나는 빛나는 순간을 파라다이스 빔'이라고 하는데, 〈파라다이스 빔을 만나는 시간〉 역시 쿠바여행과 관련된 '소설'이다. 학생운동을 하던 '형'인 남편을 만나 결혼하고 명예퇴직 후 해외여행이나 하면서 보내려고 영종도 하늘도시로 이사까지 한다.

이사 1년 만에 간암이 발견되어 남편이 떠나면서 쿠바의 소피아에게 전해주라면서 보석 상자를 유언으로 남긴다. 남편 친구의 도움으로 쿠바를 여행하면서 그 여자를 찾아달라고 부탁을 하지만 연락이

안 된다고 하여 포기한다. 하지만 열 수 없었던 박스를 여니 편지가 있었다. 남편은 혼자 쿠바여행을 할 때 어린 창녀였던 그녀를 만났으며, 그 순간이 바로 '파라다이스 빔'이었음을 고백하고, 해변에서 잃어버렸던 귀중한 묵주 대신에 다른 묵주와 십자가 목걸이를 동봉한다는 내용이었다.

그런데 귀국 후 그녀가 메일을 보내왔다. 남편을 만났을 때 말했던 것처럼 '쿠바를 탈출'하여 미국 뉴욕에 정착, 한국계 미국인을 만나 결혼하고 한국으로 신혼여행을 올 예정이다. 그녀는 남편 친구의 제자인데, 만나고 싶다는 연락을 받았지만 그러고 싶지 않아 만나지 않았다는 것이다. 아내는 다시 가져온 묵주와 십자가를 꺼내 보면서 남편의 유언을 지킬 수 있음에 감사한다.

다단계회사 본사의 세미나에 대신 참석하여 공짜 티켓으로 모녀가 플로리다 올랜도로 가 마이애미와 키웨스트 섬 헤밍웨이의 집을 여행한다. 엄마는 딸이 애인 또는 성폭행한 아이돌 누구의 아이인지 모른다. 그런 딸이 자신의 '미투'를 고민하고, 딸은 엄마와 이혼한 아빠 사이의 순간적인 열정의 산물임을 되새긴다는 〈플로리다 프로젝트〉, 러브스토리가 깃든 장소를 헌팅하며 부부나 연인들의 키스를 찍고 인터뷰를 따 책을 출판하려는 목적으로 유학을 했던 파리를 방문한 여성이, 유학하던 남자와 결혼하여 면세점에서 일하던 과거를 회상하는 〈낭만적 삶은 박물관에나〉, 아내가 가입한 여행동호회의 12박 13일 발칸 9개국 단체여행프로그램에 은혼식 기념으로 참가하여 5시 모닝콜, 6시 조식, 7시 출발, 8시 석식, 9시 호텔 도착이라는 56789 작전여행, 부부, 남자, 여자 여행객들의 사진 촬영이나 여행객 개개인에 대한 '뒤 담화'를 다루고 있는 〈카이로스의 머리카락〉 모두 해외여행을 소재로 하고 있다.

〈내가 누구인지 묻지마〉란 단편소설은 명예퇴직한 아버지가 치킨집을 운영하다 망하고 택배 일을 하다 심정지로 사망하자 대학원생인 딸은 치매를 앓고 있는 할머니를 돌보아야 하는 엄마를 대신해 가장 역할을 해야 한다. 그녀는 손쉬운 키스방에 나가다가 오피스텔에서 성매매를 하는 콜걸로 전락한다. 같은 고시원에 사는 실직한 임원이 가족을 죽인 후 자기에게 죽여 달라고 부탁하자 돈만 들고튀는, '살인' 요청 소설이다.

여성 작가에 의한 글이어서인지 소설 속 주인공이 전부 여성이다. 하기야 요즈음 국내외 여행은 어쩌면 여성이 다수일 테니까! 나는 2019년 가을 학기에 '여행작가' 수업을 수강하였는데, 이 책은 '여행'을 소재로 하고 있어 나에게 아주 딱 맞는 책이다. 그런데 '여행소설집'임을 알고 산 것이 아니라 독서클럽이 2020년 11월 읽을 책으로 1월에 다른 사람이 추천해준 책이다. 작가가 말했듯이 "긴 인생에서 좀 더 의미 있는 시간은 여행이 아닐까 싶었기" 때문이다.

이 작가의 글은 처음 접하는데, 억지로 미사여구나 감성적 언어를 들여놓으려 하지 않아 쉽게 읽혔으며, 기억해야 둬야 할 명문장도 체크 할 게 별로 없었다. "설탕 없는 인생과 하느님 없는 인생은 생각할 수 없어"(쿠바의 뚱보 아줌마 묘사), "파리의 햇빛에는 마약 가루가 섞여 있는 것 같다. 나른하게 몸이 풀리면서 몽환적인 기분이 되었다.", (아이도 없던 부부 중 남편이 죽고 홀로) "남겨진 나는 뚜껑을 분실한 향수병처럼 삶의 향기도 휘발되고 의욕도 잃은 채 몇 계절을 흘러버리고 있었어요." 정도가 생각났다.

2

책이 데려다주는 여행

마르코 폴로의《동방견문록》

《동방견문록》은 베니스의 상인인 니콜로 폴로와 동생 마페오 폴로, 니콜로의 아들 마르코 폴로 세 사람이 1271~1295년간 베니스에서 중국 원나라의 수도(여름 수도-上都, 수도-大都-베이징)를 방문, 체류한 후 귀국하기까지 과정에서 보고 들은 것들을 기록한 '견문록(見聞錄)'이다. 마르코 본인이 쓴 것이 아니라, 그가 1298년 제노아 감옥에 수감되어 있을 때, 피사 출신의 루스티켈로라는 사람에게 구술

하여 기록하게 한 것이다. 원제목은 'Divisament dou Monde'(영어로는 'Description of the World'-세계의 서술)이다. 책 제목은 일본에서 '동방견문록'으로 번역한 것을 그대로 따른 것이며, 널리 통용되고 있어 그대로 쓰게 되었다 한다.

오늘날 우리가 읽고 있는 《동방견문록》은 원본이 프랑코-이탈리아어로 필사된 것의 사본으로, 사본을 만드는 필사과정에서 가감된 것이 120종 이상 발견되었다. 따라서 많은 사본 중 하나를 번역한 것도 있고, 여러 사본의 내용을 검토, 보완한 것을 번역한 것도 있다. 내가 읽은 것은 '결정판'이라고 할 정도로 중요한 내용을 보완한 '영역본'인 1934년 모울과 펠리오(Moule & Pelliot) 영역본을 기본(底本)으로 하여 서울대 김호동 교수가 번역하고 주석을 달아, 사계절 출판사에서 2000년에 발행한 《동방견문록》이다.

《동방견문록》은 니콜로, 마페오 형제의 원나라 방문 및 마르코와 함께한 두 번째 방문 경위와 동방견문록의 작성 경위 등을 설명한 서편(1~19장), 현재의 아르메니아, 투르크메니스탄, 이라크와 이란 등 서아시아를 기술한 1편(20~43장), 아프가니스탄, 파미르, 케시미르, 사마르칸트 등 중앙아시아 기술인 2편(44~74장), 몽골제국의 수도와 왕족, 행사나 통치를 기술한 3편(75~104장), 마르코 폴로가 대카안의 지시로 시찰한 중국 북부와 서남부에 대한 기술인 4편(105~130장), 마르코 폴로가 3년간 통치했다(144장)는 얀주(江蘇省 揚州)가 포함된 중국의 동남부 기술인 5편(131~157장), 일본, 자바, 수마트라, 싱가포르, 안다만, 인도 해안과 호르무즈, 소말리아, 탄

자니아, 에티오피아 등 아프리카 인도양까지 기술한 6편(158~197장), 투르키스탄, 시베리아, 러시아, 흑해 등 대초원 기술인 7편(198~232장) 등 8편으로 구성되어 있다. 1개의 장은 몇 행에 불과한 것에서부터, 킨사이(杭州, 152장)처럼 20쪽에 걸쳐 길게 기술한 부분도 있다.

《동방견문록》의 이해를 위해서는 우선 '서편'에 소개된 내용을 알 필요가 있다. 세 사람이 원나라를 방문하기 전 니콜로와 마페오 형제는 1260년 무역을 하다가 현재의 우즈베크공화국에서 원나라 사신을 만나, 그들과 함께 원나라로 가 대카안(쿠빌라이 칸)을 만난다. 두 형제는 교황과 기독교, 각 왕국 통치, 전쟁, 도중에 견문한 내용 등 세계정세를 소개하여 그의 호감을 얻는다. 쿠빌라이 칸은 니콜로 형제를 대카안의 '교황 사신'으로 선임하여 귀국토록 한다. 그리고 다시 올 때는 예루살렘으로 가 그리스도의 등잔 기름(성유)을 가져오라고 지시한다.

귀환 도중 아크레에 도착하여 교황이 사거하였음을 알게 되어 교황의 특사를 면담하고 상의한 후 베니스로 가 기다린다. 오래 기다려도 교황이 선출되지 않자 형제는 마르코를 데리고 1271년 아크레로 출발하여, 특사의 서한을 받고 성유를 가지고 원나라로 출발한다. 가는 도중 그 특사가 교황이 되어 다시 돌아가 서임장(privileges)과 서한을 받아 원나라로 향한다.

일행은 1274년에 원나라에 도착하여 17년간 체류하는데, 기간 중 마르코는 쿠빌라이로부터 임무를 부여받아 스촨성(泗川省), 윈난성

(雲南省)을 거쳐 미얀마에 이르는 지역을 방문한다. 6개월 이상 시찰한 후 '풍습과 관행과 신기한 것들'을 요령 있게 보고하여 '마르코 폴로님(Master)'이란 칭호를 받는다. 폴로 가문 세 사람은 여러 번 귀국을 허락해주도록 요청하였으나 허락하지 않다가, '일 한국(Il-khanate, 칭기즈칸 일족이나 부하가 지배하던 4왕국 중 중동지역통치)'의 아르곤 왕후 후임자를 선발하여 보낼 때 육로로 출발한다. 그러나 도중에 쿠빌라이 조카뻘인 카이두와의 전쟁으로 길이 막혀 갈 수 없자 수도로 돌아온다. 해로를 이용하기로 하고, 교황, 프랑스 및 스페인 국왕, 기독교 다른 국왕에게 보내는 사절임무를 띠고 귀로에 오른다. 육지와 바다, 인도해안을 지나 '일 한국'에 도착하니 아르곤 왕이 사망하여, 그의 아들에게 왕비후보자를 인계한 후 호르무즈를 거쳐 귀환한다.

《동방견문록》에서 각 지역을 소개하는 데에는 정형적인 틀이 있다. 인근 지역을 소개할 때에는 어디서부터 '며칠 거리'라는 지리적 위치를 언급하고 있는데, 번역자는 '해가 있는 동안 말 타고 갈 수 있는 약 30km' 거리를 하루거리로 추산한다. 구술한 내용 중 주민의 종교와 생업, 언어, 특산물이나 동식물, 정치군사적으로 누구에게 '복속'되어 있다는 등의 내용은 거의 모든 지역에 언급되어 있다. 다음 장으로 넘어갈 때에는 '더 이상 얘기할 것이 없다.', '따로 언급할 만한 것이 없다.', '언급할만한 흥미로운 것이 없다', '000에 대해 얘기해보자.' 등의 연결 문구가 등장하며, 같은 장에서 '내가 그것에 대해 무엇을 말하겠는가?'라는 강조표현이 다수 기술되어 있다.

26장 여기서는 타우리스(아제르바이잔 타브리즈)라는 훌륭한 도시에 대해 말한다.(요약)

커다란 도시로, 금실과 비단으로 짠 옷들을 만들고 교역과 수공업으로 생활. 인도와 바우닥(바그다드), 모술(티그리스강 유역 도시)과 쿠르모스(호르무즈) 등에서 상품이 들어오고 상인들이 모여 듦. 많은 보석도 들어오며 여러 종족이 살고, 사라센(이슬람)도 있는데, 매우 사악하고 불충함. 수도원이 있고 가난한 사람들을 돕는 수도사 같고 혁대를 만들어 나누어줌.

159장 여기서 그(마르코)는 지팡구 섬(일본)에 대해 이야기한다.(요약)

육지에서 동쪽 해상으로 1500마일 떨어진 큰 섬. 피부가 희고 잘생김. 우상숭배자(불교도)이고 독립국. 금이 많으며, 궁궐은 순금. 진주도 많고 크며, 죽으면 매장 또는 화장. 대카안(쿠빌라이)이 상륙했지만(1274년 元高麗연합군, 일본에서는 文永の役로 표기) 재난(태풍)으로 정복하지는 못함. 3만 명이 섬을 빠져나옴.

《동방견문록》을 읽으면서 몇 가지 재미있는 사실을 발견하였다. 첫째가 '12'라는 숫자다. 대카안을 호위하는 기병이 12,000명(86장), 대군주가 가장 신임하는 신하 케시탄이 12,000명(90장), 대카안의 군사 사무를 처리하는 12명의 신하, 34개 지방 사무를 처리하는 12명의 신하(97장), 타타르 기병 12,000명(122장), 항주의 운하를 가로지르는 다리가 12,000개(152장), 12가지 직업, 항주 시내에

12,000개의 점포(이상 153장), 죄를 지은 사람에게 자살용으로 12개의 칼을 준다(174장), 목화나무는 12년이 될 때까지는 실을 뽑기 좋은 목화를 생산(184장), 스코트라섬(소말리아 소코트라섬)에서는 고래잡이를 위해 12명의 어부들이 다랑어 미끼를 매고 바다로 나간다(190장), 그리폰 새의 날개를 펴면 30보, 깃털의 길이는 12보(191장) 등에서 보는 것처럼 '12'라는 숫자(또는 배수)가 여러 번 언급되는데, 무슨 특별한 이유가 있는 것일까?

두 번째가 여성이나 아내의 처우와 관련된 내용이 여러 곳에 기술되어 있다. 낯선 여행자에게 아내나 딸을 내주어 동침하게 하는 풍습[신강-친절을 베풀게 하여 물건과 자식과 재산이 불어남(59장), 티베트-길들여지고 익숙한 처녀가 좋다(115장), 建都-현재 西昌市-신과 우상들이 혜택을 준다(117장)], 팸 지방에서는 남편이 20일 이상 밖에 머물면 다른 남편을 맞을 수 있다(55장), 캄프초 시(감숙성)에서는 여자가 수도승을 불러들이면 죄가 안 되지만, 수도승이 여자를 불러들이면 죄가 된다, 아내를 30명까지 둘 수 있다, 사촌을 아내로 맞이하고 아버지의 부인을 아내로 맞이한다, 동물처럼 살기 때문에 심각한 죄를 의식하지 않는다(이상 62장), 능력만 있으면 100명까지 아내를 둘 수 있으며, 첫째 아내를 높게 치고, 종형제를 아내로, 생모가 아니면 큰아들이 아버지 부인을 아내로, 형제가 죽으면 그 부인도 아내로 맞는다(이상 69장, 180장도 유사), 에르주울(오늘날 凉州) 주민들은 성적 쾌락을 즐기며, 바라는 만큼, 능력이 닿는 만큼 아내를 둘 수 있다(72장), 카라잔(운남지방) 사람들은 남이 자기

아내를 건드리더라도 여자의 희망에 의한 것이라면 상관하지 않는다(118장), 대카안에 항복하고 조공을 바치고 있는 카우지구의 왕은 300명의 부인을 두고 쾌락에 탐닉한다(127장), 툰딘푸(동평부)에서는 처녀성을 검사하여 결혼시키므로 처녀성을 지키기 위해 걸을 때 조심한다(134장), 인도 동남부 마아바르 지방의 왕은 500명의 부인을 거느리고 있다, 남편이 죽어 시체를 태우고 나면 아내도 스스로 몸을 던져 남편과 함께 화장된다(사티, 이상 174장), 수도사 선발 시 처녀들이 애무하도록 하여 발기하지 않는 사람들을 선발한다(177장) 등을 들 수 있다.

세 번째가 독특한 풍습이 여러 곳에서 기술되고 있다. 칭기즈칸 사후 군림했던 칸들은 어디서 사망하던 알타이산(위치불상)으로 운구되어 매장되는데, 운구 도중 부딪치는 모든 사람들을 살해한다. '저승에서 군주를 모시라'는 의미인데, 몽구 칸이 죽었을 때는 2만 명이 살해되었다(69장), 사형선고를 받아 처형되면 요리해서 먹는다(수명을 다해 죽은 사람의 시체는 먹지 않는다, 75장, 155장), 칭기즈칸 형제의 후손으로 반란을 일으킨 기독교도인 나얀왕을 처형할 때 카펫에 말아 넣은 뒤 거칠게 끌고 다녀 죽였는데, 황제 일족의 피가 땅에 흐르지 않고, 태양도 공기도 보지 않기를 바라서 그런 방식으로 처형했다(80장), 대카안은 카타이(북중국 거란지역)에 만연해 있는 도박과 사기를 금지시키며, "나는 무기로 너희들을 정복했고 너희들이 갖고 있는 것은 모두 나의 것이다. 만약 너희가 도박을 한다면 그것은 내 것으로 도박하는 것이다."라고 했다, 신하와 귀족들은 접견실에서 침을 뱉을 수 없기 때문에 조그만 예쁜 항아리를 가지고 다니면서 그곳에 뱉고 뚜껑을 덮어둔다, 비단 카펫에 흙을 묻히지 않기 위해 슬리퍼를 갖고 다닌다(이상 104장), 짐승들의 공격으로부터 가축을 보호하기 위해 대나무를 불에 지피면 갈라지면서 10마일 밖에서도 들릴 정도로 큰 소리가 나 사자나 곰이 도망치고 절대로 근처에 오지 않는다(115장), 카라잔(운남지방) 사람들은 잘못을 저질러서 붙잡혀 고문을 당하면 고통을 당하기 전에 독을 삼켜 자살하는데, 개똥을 준비했다가 먹여 독을 토해내도록 한다(119장), 만지지방(동남부 항저우, 푸저우 지역 일원)의 빈자와 약자들은 부유하고 지체 높은 사람들에게 아들딸을 팔아서 그 돈으로 생계를 유지하고, 아이들은 그렇게 하여 보다 편안한 생활을 누린다(152장), 조롱박에 비곗덩어리를 넣어 사자가 고개를 넣어 빠지지 않도록 해 앞을 분간할 수 없도록 하여 사자를 포획한다(156장), 동지나해에 있는 섬에서는 사람을 붙잡아 몸값을 받을 수 없을 것 같으면 죽여서 요리해 친척들과 먹는다(161장), 수마트라 사람은 사람을 잡아먹는 몹쓸 짐승 같은 사람들이다(167장), 다그로인왕국(수마트라섬 북부), 안가만섬(안다만군도)에서는 사람을 잡아먹는다(168장, 172장), 왕이 죽으면 충신이었던 신하들도 불속에 뛰어들어 저승으로 가는 왕을 수행한다, 대부분 사람들은 술을 마시지 않고, 술을 마시는 사람은 증인이나 보증인으로 받아주지 않는다, 타란툴라라는 독이 있는 도마뱀이 어디에서 울어대는지 듣고 상거래 여부를 결정한다, 대나무로 만든 침대를 끈을 잡아당겨 천장 가까이 올릴 수 있도록 만들어 곤

충들에게 물리지 않도록 한다(이상 174장), 인도 서북부 라르(구주라트)지방 사람들은 대변을 보고 벌레가 생겨 말라죽지 않도록(벌레의 영혼이 죽는 것을 미연에 방지)하기 위해 막대기로 똥을 모래밭에 흩트린다(177장), 술잔치가 끝난 후 돌아오는 도중 아내가 소변을 보려고 앉았는데, 날씨가 너무 추워 사타구니 털이 풀에 붙어 얼어버리자, 남편이 입김을 불어 녹이려 하다가 턱수염이 사타구니에 달라붙어 다른 사람이 와서 얼음을 깨뜨려 줄 때까지 그 자리에 있어야만 했다(218장)는 기술들은 흥미를 돋우거나 이색적인 풍습 또는 습관이다. 벌거벗거나, 국부만 가리고 다닌다는 설명은 곳곳에 등장하는데, 주로 도시가 아닌 섬 지방, 인도 요가 수행자집단 등의 설명에 등장한다.

넷째, 대카안은 기독교 신앙이 가장 진실하고 뛰어난 것으로 여기고 있음에도, 통치를 위해 기독교, 이슬람교, 유대교, 불교의 주요 절기에 행사를 치른다는 점이다. 그 이유에 대해 "모든 사람이 숭배하고 존경하는 네 명의 예언자가 있다. 기독교도들은 자기네 신이 예수 그리스도라 하고, 사라센은 마호메트라 하며, 유대인은 모세라 하고, 우상 숭배자들은 여러 우상 가운데 최초의 신인 사가모니 부르칸이라고 한다. 나는 이 넷을 모두 존경하고 숭배하며, 특히 하늘에서 가장 위대하고 더 진실한 그분에게 나는 도움을 부탁하고 기도를 올린다."라고 말한다.(제81장)

다섯째, 기타 관심 있는 내용으로는 물산 중에는 생강 얘기가 많이 등장하고 후추도 간간이 등장한다. 사냥 얘기, 코끼리와 낙타 등

이 곳곳에 등장
한다. 또 전투나
전쟁 얘기도 많
이 등장한다. 일
행들은 여행 또
는 항해하는 도
중 기후 때문에

〈출처 : 네이버 백과사전〉

어려움을 겪었을 것이나, 세 사람 모두 귀환하였고 지역이나 풍습소
개가 목적이어서인지 특별한 언급이 없다. 또 해적 얘기도 자주 등
장하나, 귀환 도중 해적과의 대치는 다루어지지 않았다.

  몇 곳의 흥미 있는 내용을 제외하면, 책의 내용이 단조로워 읽는
데 인내가 필요하다. 처음부터 관심을 가질만한 부분을 마크해가면
서 읽어 정리하는 데 도움이 되었다. 교역, 수공업, 종교, 전투 등 '우
리'와 관련된 얘기가 아니어서 집중하기가 쉽지 않았다. 학술서적
처럼 각주를 읽어보아야만 위치나 의미를 알 수 있어 진도가 나가지
않았다. 어쨌든 정말 정성들인 번역서라는 인상이 깊이 남는다!

괴테의 《이탈리아 여행》

《젊은 베르테르의 슬픔》으로 베스트셀러 작가가 된 괴테는 바이마르공국의 초청을 받고 26세이던 1775년 프랑크푸르트에서 바이마르로 이주한다. 어린 영주 칼 아우구스트와, 섭정하던 그의 어머니 아나 아말리아의 전폭적인 지원으로 정무에도 관여하였던 괴테는 10년간을 일한 후 탈진상태에 이르자, 꿈에 그리던 이탈리아 여행을 떠난다. 물론 유급휴가 형식으로 떠났는데, 지금 체코의 '카를로비 바리'(독일어로는 칼스바트)를 출발한 것이 1786년 9월 3일이다. 37번째 생일날 새벽 3시에 칼스바트를 몰래 빠져나와 역마차로 츠보타라는 역참까지 가 그곳에서 본격적인 여정을 시작한다.(비서 포겔도 동행)

괴테는 1788년 4월까지 1년 8개월을 이탈리아에 체류하면서 그날의 여정과 방문지, 소감을 일기체로 써나갔으며, 독일에 있는 친구들에게 소식을 전하는 형식의 편지글도 포함되어 있다. 여행기 제1부는 칼스바트에서 로마까지, 제2부는 나폴리와 시칠리아, 제3부는 두 번째 로마체류기로 구성되어 있는데, 내가 읽은 것은 그중 1부와 2부를 엮은《괴테의 그림과 글로 떠나는 이탈리아 여행 1》이다.

레겐스부르크, 뮌헨을 거쳐 오스트리아의 인스브루크, 이탈리아의 볼차노, 트렌토를 거쳐 9월 11일 로베레토에 도착하였는데, 그곳까지는 독일어로 소통하였다. 로베레토에서는 토박이 이탈리아 마부를 만나 이탈리아어를 사용해야 하자, '좋아하는 언어가 생생히 살아나서 이제부터 사용한다는 것이 얼마나 기쁜 일인가!'라면서 좋아한다. 몇 개 언어를 구사할 수 있는 괴테는 쾌재를 불렀다.

그는 베로나로 바로 가지 않고 '수려한 경관의 가르다 호수'를 놓치고 싶지 않아 구경 후 여관에서 묵는다. 방에는 자물쇠가 없고, 창문에는 유리가 아닌 기름종이가 발라져 있으며, 용변 볼 장소가 없어 물으니 '어디든 마음에 드는 곳에서 누십시오.'라고 하여, 낯선 지방에 왔음을 실감한다.

괴테가 가르다 호반 말체시네의 고성에서 그림을 그리고 있는 것을 정탐 활동을 하는 오스트리아인으로 오인하고 영주를 불러오자,

그는 프랑크프루트에서 태어나 견문을 넓히기 위해 여행 중임을 설명한다. 영주는 프랑크프루트에 근무했던 현지인을 불러와 확인하고는 그 지역 여행을 허가한다.

베로나에서는 원형극장, 포르타 스투파 문(門), 원형극장 내의 박물관, 베빌라차 궁 등을 둘러보면서, "여행을 하는 목적은 나 자신을 기만하려는 것이 아니라 내가 보는 대상들에 비추어 나를 재발견하자는 것"이라면서, "훌륭한 작품들을 즐기면서 심성을 도야하는 것이 그지없이 행복하다."고 말한다.

괴테는 '이탈리아 사람들이 가난한 삶에도 소리 지르고 노닥거리며, 노래 부르는 등 감정으로 충만한 생활을 하는 민족의 성정은 존경할만하다.'고 말한다. 그는 베로나에서는 중산층의 의상과 행동을 관찰하고, 비첸차에서는 그곳 출신 건축가 팔라디오가 설계한 올림피코 극장을 보고는 "고대의 극장을 작은 규모로 구현해 놓은 것으로 이루 말할 수 없이 아름답다."고 찬탄한다. 그는 베로나 여행 중 오페라 공연을 관람하고, 식물학자 투라 박사를 만나며, 팔라디오 건축물 책을 펴낸 건축가 스카모차를 찾아가기도 한다. 그만큼 괴테는 여행 전에 충분히 사전지식을 갖추어 여행을 준비했음을 알 수 있다.

괴테 아버지는 베네치아 여행 후 곤돌라 모형을 사와 집에 간직하고 있었는데, 괴테는 베네치아에서 곤돌라가 다가오자 '오랜 친구처럼 나를 맞이해 주었다'고 적고 있다. 운하와 건축물, 팔라디오의 일레덴토레 교회, 병기창, 배수로 등을 둘러보고 주민들의 거동과 생활방식, 풍습 등을 살펴보고는 "이 도시를 좀 더 깨끗하게 관리했다면 얼마나 좋았을까!"하고 아쉬워한다.

그는 베네치아에서 오페라관람, 재판 방청, 가면극 관람, 연극(비극, 번역극) 관람, 미사 참관, 곤돌라에서 노래 듣기를 시도하고, '만족스럽지 않다, 자연스런 연기, 아주 재미있었다, 몰취미하고 지루했다, 파도 소리에 뒤섞여 듣기는 좋지 않았으나 노래 속에 담긴 뜻은 인간적이고 진실하다.'는 등의 느낌도 남겼다. 또 피사니 모레타 궁, 산 마르코 교회, 파르세티 건물에서 그림이나 천정화, 조각품 등을 보고 "고대에 대한 내 지식의 빈곤함이 그저 유감스러울 뿐이다."라고 자탄한다.

괴테는 "지난 몇 년 동안은 마치 병이 든 것 같았고, 그것을 고칠 수 있는 길은 오로지 이곳을 내 눈으로 직접 바라보며 이곳에서 지내는 것뿐이었다."라면서, '세계의 중심지'인 로마방문을 오랫동안 갈구해왔음을 밝히고 있다. 그는 로마에 도착한 날 일기에서는 "마침내 나는 이 세계의 수도에 도달했다! 로마로 가고자 하는 욕구가 너무나 강렬했고 순간순간마다 더욱 높아졌기 때문에 잠시도 발걸음을 멈출 수가 없었다."면서, 여러 경유지를 지나쳤다고 밝힌다.

"어디를 가더라도 새로운 세계에서 친숙한 대상과 마주친다. 모든 것이 내가 상상하던 그대로이고, 또한 모든 것이 새롭다. 나는 이곳에 와서 완전히 새로운 생각을 갖게 된 것도 없고 아주 낯선 것을 발견하지도 않았다. 하지만 나의 기존 관념이 여기서는 아주 명확해지고 생생하고 유기적인 성격을 띠게 되었기 때문에, 바로 이것이 새로운 것이라고 말할 수 있을 것이다."라면서 감격스러워 한다. 또 "로마에 오니 마치 커다란 학교에 온 것 같다. 하루 중에 본 것이 어

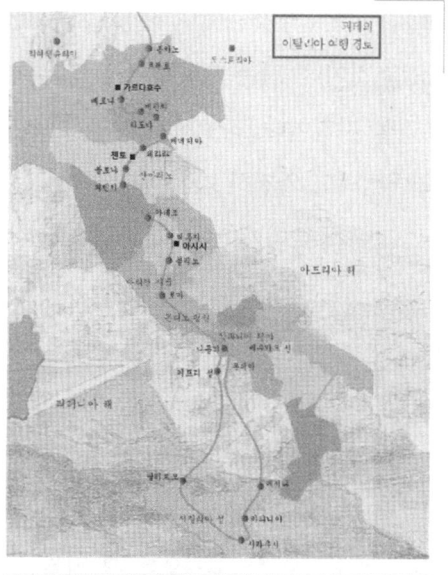

찌나 많은지 그것에 대해 감히 이야기할 엄두조차 나지 않을 정도다."라고 하면서, "너무 많은 것을 보고 너무 많이 감탄한 나머지 저녁이 되면 피곤해서 기진맥진한 상태다."라고 한다.

1494년 이탈리아 반도 지역 통치, 구글 검색

그는 로마에 와 있던 친구인 화가 티슈바인과 함께 광장, 교회, 바티칸 박물관, 시가중심지 로톤도, 성벽, 성당, 신전, 수도원 등에서 건축물 자체뿐 아니라, 프레스코 벽화, 아폴로 상, 라파엘로의 '변용', 미켈란젤로의 '최후의 심판' 등을 보고는 "내가 로마 땅을 밟게 된 그날이야말로 나의

제2의 탄생일이자 나의 진정한 삶이 다시 시작된 날이라고 생각된다."고 할 정도로 흥분을 감추지 못한다. "세계의 전 역사가 이 도시와 연관되어 있기 때문이다. 로마는 하나의 세계이며 진정으로 로마를 알려면 적어도 몇 년은 필요할 것이다. 나는 대충보고 훌쩍 떠나버리는 여행객들이 오히려 부러울 지경이다."라고까지 말한다. "근본으로 돌아가서 많은 것을 잊어버리고 완전히 다시 배우리라고는 상상도 못했다."고 했을 정도로 그에겐 로마지역이 '학교'였음을 절절히 설파한다.

그는 이탈리아를 여행하면서 역참을 운행하는 역마차를 이용하거나, 가르다 호수에서는 배를 이용한다. 베네치아에서 페라라로 이동할 때에는 우편선을 이용하였으며, 일부 구간에서는 마차를 대절해 놓고는 걸어서 이동하기도 한다. 베수비오 화산을 오를 때 일부 구간은 노새를 타기도 했고, 걷기도 하였다. 시칠리아 섬 탐방은 당연히 선박을 이용한다.

화가 구에르치노의 고향인 첸토에서는 '부활한 예수', '성모마리아', 볼로냐에서는 라파엘로의 '성 세실리아' 등을 감상하고는 "예술이란 삶과 같은 것이다. 즉 깊이 들어가면 들어갈수록 점점 더 넓어지는 것이다. 예술이라는 하늘에서는 수없이 많은 새로운 별들이 계속 나타나서 나를 곤혹스럽게 만들고 있다."고 하면서, '좋아하고 싶으면서도 미칠 지경이 된다.'고 한다.

아시시의 미네르바 사원을 탐방하는 도중 무장괴한이 밀수꾼으로

의심하고 제지하자, 외국인 건축가로 답사 여행을 왔다고 하여 풀려나면서 팁을 주자 예쁜 여자를 추천해주겠다고 제안까지 한다. 빌린 마차가 기다리고 있는 행선지인 폴리뇨까지 걷고 나선, '지금까지 걸어온 길 가운데 가장 아름답고 매혹적인 산책길'이었다고 말한다.

이탈리아 사람들은 "상상하기 힘들만큼 무사태평인데, 생각을 많이 해서 빨리 늙는 일이 없도록 하려는 의도에서 나온 태도이다. 향락적인 생활을 일삼는 그들은 기나긴 겨울밤을 지낼 양식을 비축하는데 소홀히 하기 때문에 일 년 중 상당 기간을 개처럼 고통받고 지낸다."고 하면서 국민성을 언급하는 대목도 있다.

괴테는 "아무 준비도 없이 혼자서 이 나라를 여행하는 것이 얼마나 무모한 짓인가를 실감한다. 화폐도 서로 다르고 마차와 물가, 형편없는 여관 따위는 하루도 빠짐없이 겪게 되는 애로사항이다."라면서도, "나의 유일한 소망은 어떤 대가를 치르더라도 이 나라를 한 번 둘러보는 것이다."라면서 1년 8개월을 여행한다.

괴테는 로마에서 시칠리아를 여행하고 돌아온 화폐학연구자 뮌터 박사, 《안톤 라이저》와 《영국 여행기》의 저자 모리츠도 만난다. 또 여행 중에도 《에피게니에》 원고를 탈고하며, 우편시스템을 이용해 원고가 독일 출판사에 잘 도착했음을 확인하는 답신을 받기도 한다.

"나폴리를 보고 죽으라."는 말이 있듯이, '나폴리는 천국이다. 모든 사람이 어느 정도 도취 된 듯한 자기 망각 속에 살고 있다.'고 할 정도로 기뻐한다. 괴테는 나폴리 거리에서 어릿광대를 보고, 그곳에서 독일화가 크나프를 만나, 거기서부터 동행하면서 스케치를 그려

받기로 한다. 괴테는 베수비오화산을 보기위해 세 차례에 걸쳐 산에 올라, 무시무시한 증기를 통과하여 분화구 가까이 접근하고, 용암이 분출하는 광경은 직접 보진 못했으나 굳어지는 표층 위를 밟아보기도 한다. 그는 "나폴리 사람들은 먹는 일 자체를 즐길 뿐 아니라, 팔려고 내놓은 상품을 곱게 단장하는 일도 즐긴다."고 평한다.

우편 여객선으로 시칠리아섬 팔레르모로 건너가 예배 장소로 사용되는 동굴, 해안, 지진이 발생해 폐허가 된 시가지 메시나 등을 둘러본다. 체류하는 동안 총독의 초대를 받아 함께 식사하는 등 머물다가 프랑스 선박으로 나폴리로 귀환한다. 도중에 카프리섬 근처에서 해류에 휩쓸려 침몰 직전에 빠져나온다. 시칠리아 여행은 전혀 즐겁지 않았다고 기록하고 있다.

괴테는 18세기 후반 독일에서 시칠리아까지 장거리 여행을 하면서 주로 역마차를 이용하고, 우편을 이용하여 독일과 연락을 주고받았음을 기록하고 있다. 국경을 넘어 여행이 가능하고 우편이 가능했던 것은 그 전부터 왕래가 있었고, 여행 행로에 걸쳐있는 바이마르, 오스트리아, 베네치아. 로마, 시칠리아 등 여러 나라(공화국) 사이에 상호 교류가 있었음을 의미한다.

괴테의 여행기에는 국경을 넘을 때의 출입국절차뿐만 아니라, 각 지역에서 사용되는 돈, 국민 보호를 위한 영사업무, 여행 중 시비가 있었을 때의 문제해결 등과 관련한 얘기가 언급되고 있는데, 여행을 중단할 정도로 크게 문제가 되었던 기록은 없다. 또 괴테는 독일어, 이탈리아어를 모두 구사할 수 있어 스스로 문제를 해결하였으나, 언어가 불가능한 사람들이 국경을 넘는 여행과는 차이가 있었을 것이다.

괴테의 경우에는 본인이 여행의 편의를 위해 스스로 독일의 유명 작가, 바이마르의 고관임을 밝히지 않고 '신분을 감추었으나', 일반인 여행자들은 불한당이 나타나거나, 관리들이 시비를 걸어오는 경우 위축될 수밖에 없을 것이다. 또 사소한 시빗거리와 관련한 현지 조치에 대한 언급을 보아도, 이탈리아 사람들은 이미 어느 정도 '국제화되어 있다'는 느낌을 받았다.

독일어권인 바이마르 고관으로 여러 공화국을 여행하여 금전 부족 문제는 없었을지 모르나, 많은 지역을 장기간 여행하면서 어떻게 지속적으로 여행에 필요한 경비인 '돈'을 공급받았을까 하는 궁금증이 생긴다. 여행기에서는 환전문제는 전혀 등장하지 않는 것으로 보아 모두 현지화로 지불한 것으로 추정할 수 있으며, 아시시의 시비꾼은 넉넉한 팁에 기뻐하기도 했다.

당시의 조선은 어떠했을까? 조선과 청나라, 조선과 일본 사이의 여행은 어떠했을까? 유럽 여행기를 읽으면서 조선의 국내 여행, 인접 국가와의 여행기를 읽어보고 싶어진다.

니코스 카잔차키스의 일본기행

니코스 카잔차키스는 그리스의
작가(1883~1957)로 두 차례 노벨
문학상 후보자로 지명되었고, 톨스
토이, 도스토예프스키에 비견되는
위대한 작가로 추앙받고 있다. 국
내에도 《그리스인 조르바》로 잘 알
려져 있으며, 여행기 6종을 포함,
소설, 희곡, 서사시 등 22종의 전
집이 출판되었는데, 《일본·중국기
행》도 그중 한권이다. 그는 1935

년 2월 22일~5월 6일간, 선편으로(32일간 항행 끝에 도착) 일본과

중국을 여행하였으며, 여행기는 1938년에 출판되었다. 국내번역판은 1982년 영역본(Creative Arts Book Co)을 이용, 이종인이 번역하였다. 중국여행기는 일본의 반 정도에 불과하며, 내용도 여행기보다는 음식, 여성 생활, 미신숭상, 죽음과 자살, 거래관행, 생신축하연 등 풍습관련 에세이가 많아 생략한다.

여행기의 도입부분에 "근년에 일본이 기모노를 벗어던지고 벚나무 뒤에 숨겨놓았던 대포와 칼을 들어내기까지"라는 표현이 등장하고, 여행도중 도쿄에서 만난 '모가스'(Modern Girls의 일본식 표기)가 '일본은 중국, 태국, 인도 등 아시아를 해방시킬 책임이 있으며, 미국과 유럽이 원치 않는다면 전쟁을 치를 수밖에 없다.'고 답하는 부분도 있다. 또 일본행 선편도 '가시마 마루호'라는 일본 국적선이고, 일본에서 바이올린 학원을 열려는 폴란드 바이올리니스트, 나폴리출신 아버지와 일본 어머니사이에 태어난 혼혈아, 일본인 기독교도 등이 여객선에 동승한 것처럼, 일본과 일본인이 전 세계에 많이 알려지고 진출하여 국제화가 상당히 진척되었다. 이처럼 카잔차키스가 일본을 여행할 당시인 1935년에도 일본은 국력이 커졌고 일본국민들도 유럽과 미국에 뒤질 것 없다는 자부심이 고조되었던 시기였다. 공장에서 만난 엔지니어가 "우리는 중국이라는 큰 문이 열려 있기를 항상 기대합니다. 5억의 고객들이니까요. 그런 때가 오지 않을 것처럼 일합니다."라는 말을 전하면서, 저자는 "세계의 중심은 태평양으로 이동했다. 중국, 소련, 미국, 일본. 거대한 게임, 미래의 전쟁이 이곳에서 벌어질 것이다."라고 2차 대전 발발 수년전에 이미

전운이 감돌고 있음을 전망하고 있다. 여행전후의 국제정세를 개관하면 다음과 같다.

1905년 러일전쟁의 승리로 일본은 중국 동북3성지역인 만주에서 특수한 이권을 보유하고 있었는데, 1931년 소련이 만주점령계획을 수립, 철도 폭파를 모의하자 이를 진압한다는 명분으로 일본군이 침략하여 점령하고, 1935년에는 괴뢰정부인 '만주국'을 설립한다.

중국내에서도 국권회복운동이 거세게 일고 있었는데, 1937년 7월 7일에는 베이징의 루거우차오(蘆溝橋)에서 일본군과 중국군과의 충돌사건이 발생하여 일본이 승리한다. 1939년 8월 23일에는 독소 불가침조약이 체결되며, 며칠 뒤인 9월 1일에는 독일이 폴란드를 침공한다. 1940년 7월에는 장개석 지원루트 차단을 목적으로 일본군이 프랑스령인 북부베트남에 진주하며, 9월 27일에는 독일, 이탈리아, 일본이 삼국동맹을 체결한다.

1941년 12월7일 일본은 영국령인 말레이시아를 침공하고 하와이 진주만을 기습한다. 12월 10일 일본내각의 각료회의에서 '대동아전쟁(大東亞戰爭)'을 결정하며, 12월 11일에는 독일과 이탈리아가 대미선전포고를 하여 공식적으로 제2차 세계대전으로 확전된다. 1943년 9월 8일 이탈리아가 항복하고, 1945년 4월 30일 히틀러가 자살하며, 5월 8일에는 독일이 항복하고, 8월 6일 히로시마원폭투하, 8월 9일 나가사키 원폭투하, 8월 14일에는 일본도 항복(선언은 8월15일)하여 제2차 세계대전은 연합국의 승리로 끝난다.

책 곳곳에서 카잔차키스는 일본을 찬미하는데, 프롤로그에서 "일본을 다시 마음속에 불러내자 사랑하는 여인의 젖가슴을 쓰다듬기라도 하듯이 나의 두 손이 바르르 떨린다."면서, "반들반들하게 빛나는 붉은색 나막신, 기모노에 그려진 국화무늬, 검은 머리를 빗는 상아 빗, 감상적인 하이쿠가 씌어 있는 비단 부채 등" '상상 속에서 반짝이는 일본의 통상적인 모습은 아주 멋진 것'이라고 전제한다. 마르코 폴로는 '아름답고 쾌락을 즐기며 황금이 가득한 나라 〈지팡구〉로 불렀으며, 일본 최초입국 선교사 성 프란시스코 사비에르는 "일본인들은 세계에서 가장 높은 덕을 갖추었고, 가장 정직하며, 배신하는 일이 없고 명예를 그 어떤 덕목보다 앞세운다."라고 일본을 추켜세웠음을 이야기 한다. 또 카잔차키스는 동승한 일본노인은 러일전쟁 때 전황을 보고받은 천황이 지거나 이겼다는 보고에도 흔들림이 없었다는 것을 얘기하면서 '행복이나 불행이 닥쳐도 흔들리지 않는 마음'을 뜻하는 후도신(不動心)이란 단어를 사용하고 있는데, 그와 대화를 나눈 것을 항행도중의 두 가지 큰 기쁨 중 하나라고 말한다.

반변에 그는 여행도중 동양항구(인도양연안?)에서의 '말로 형언할 수 없는 더러움, 거친 음성, 말싸움' 등 혐오스러운 모습, 콜롬보에서는 썩는 듯한 느낌, 싱가포르에서는 역겨움 때문에 먹기를 포기한 일, 모든 사람들이 하나의 하수구 냄새를 풍기는 상하이, 각 도시에서의 백인들을 위한 매춘 등 부정적인 내용들을 언급하고 있을 뿐이다.

일본이 아침햇살 속에 나타나자, 카잔차키스는 "일본이 동양의 아프로디테가 되어 웃음 속에 서 솟아나는 느낌을 받았다."고 한다. 배가 '세계에서 가장 아름다운 바다 가운데 하나인 일본의 지중해'(세토나이카이, 瀬戸内海, 오사카 만에서 시모노세키에 이르는 내해 약 450km)인 고베항으로 도착하는데, 주변풍광을 보면서 그는 "멀리 떨어진 그리스 아닌가! 나는 한순간 조국으로 돌아왔다고 생각하고 소스라치게 놀랐다."라고 다른 도시와는 전혀 딴판인 기대를 전하고 있다.

글 속에서 그는 '작가'답게 일본의 저명한 소설가 나쓰메 소세키, 하이쿠, 단가, 민요, 전설, 노래 등 일본의 문학을 언급하거나 인용하고 있는데, 메이지 천황의 운문 3행시(운명이 너를 무엇으로 만들건/왕이든 짐꾼이든/죽을 때까지 그 일에 봉사하라), 교토 게이샤 거리에서 들려오는 노래(눈이 오는 밤/ 모두들 차를 마시는 밤/나를 사랑하신다면 제발 오세요. ...) 등이 그 예이다.

젓가락 사용문화, 아기를 포대기에 업는 풍습, 일본인들의 정신자세(1.나날의 임무를 수행하면서 차분히 살아라, 2. 마음을 항상 순수하게 지녀라. 그리고 마음의 명령에 따라 행동하라, 3. 조상을 숭배하라, 4. 천황의 뜻을 네 것으로 삼아 이행하라.), 일본인실업가 집에 초대 받은 일, 음주(정종)문화, 일본인들의 여행과 가옥구조, 목욕, 꽃꽂이(生花, 이케바나) 등을 소개하고 있으며, 일본인들은 자신들에게 필요 없는 것들을 모두 솎아내고, '자궁에 외래의 씨앗을 수태하고 철저히 동화시켰다'고 평한다. 일상생활에서 사용되는 수제용품

들은 화려하지 않으면서도 차분한 멋이 있는 '시부이'(しぶい, 渋い)한 예술품'인 점은 그리스와 닮았다고 한다!

그는 일본인은 개인의 이해와 민족의 이해가 완전히 하나로 합치된다고 여긴다. 한때 공산주의에 빠진 적도 있는 그는 일본의 산업화의 부작용에 대해서는 우려를 표명하고 있는데, 오사카의 매연, 공장방문 도중 목격한 착취, 불의, 질병, 물질적 권력의 과잉 성장, 정신적 소양의 쇠퇴 등을 언급하고, 스스로 "숫자들은 말하리/내가 행복하다고/하지만 나는 날마다 더 창백해지고/오늘은 기침까지 나네… !"라는 하이쿠까지 선보인다.

그는 나라의 대불(東大寺), 사슴공원, 호류지(法隆寺)의 관음상(聖德太子 작품), 교토의 히데요시(豊臣秀吉)가 다도명인 코보리 엔슈(小堀遠州)에게 지시하여 만들었다는 정원(圓德院庭園), 오다 노부나가(織田信長)가 할복자살한 혼노지(本能寺), 다도명인 센리큐(千利休)가 만들었다는 혼간지(本願寺)의 다원(茶庭) 등을 탐방하고 소개한다.

카잔차키스는 여행기에서 일본 체류 중 노(能), 가부키(歌舞伎)도 관람하며, 도쿄의 공창(公娼) 요시하라(吉原)를 둘러본 후 사창가(私娼街) 다마노이(玉の井)에서 하루 밤을 머문다. 또 친구와 함께 '아마도 가장 감미롭고 가장 거짓된 아름다움에 속하는 일본의 가면들 중 하나인 게이샤와 긴자에서 하루 밤을 보낸다. 그는 "나의 조상들은 여자에게 기쁨을 주고 여자로부터 기쁨을 받는 것은 결코 치명적인 죄가 아니라고 믿었다."라고 말하면서, "가장 매력적인 여자는 친구의 아내이고, 다음은 게이샤, 그다음은 하녀, 마지막은 마누라이다."

라는 일본의 속담도 덧붙인다.

그는 일본을 작별하면서 오사카와 도쿄에서 보았던 여공들의 파리한 모습, 노동자 거주구역, 자그마한 창문에 가면들이 나타났던 오싹한 다마노이를 '슬픈 것', 나라, 교토, 조각과 그림, 정교한 정원, 노의 비극, 가부키 연극, 눈에 흙이 들어갈 때까지 기쁨을 줄 춤, 어느 날 밤 춤을 춘 게이샤를 '기쁜 것'으로 기억을 떠올린다. 그는 어떤 여자와 함께 우물을 내려다보면서 우물표면에 어른거리는 여성을 사랑하고 있음을 깨달았듯이, '일본을 정말 사랑하는 것 같다'고 말한다.

카잔차키스는 "여행은 넋을 빼앗기는 사냥과 같다. 어떤 새가 날아올지 전혀 모른 채 나아간다. 여행은 포도주와 같다. 무슨 환상이 마음에 찾아올지 모르고 마신다. 확실히 여행하는 중에 자기 안에 있던 모든 것을 발견한다."라고 한다. 그는 '일본을 고대 그리스를 연상시키는 나라'로 '세계어디에도 없다.'면서, '일본 국기의 떠오르는 해는 뜨겁게 달구어진 대포알을 닮았다.', '일본의 심장은 벚꽃이 아니라 후지 산이다.'라고 한다.

일본인 교사의 "우리에게는 아시아를 깨우고 해방시켜야 할 책임이 있습니다.", 이토 한니(伊東 ハンニ, 본명 松尾 正直, 新東洋主義 주창)의 "동양이 꽃을 피울 날이 왔다. 중국의 운명은 일본의 운명과 한데 묶여 있다. 세계전쟁에서 일본이 백인들에게 패한다면 동양은 모두 암흑 속에 빠져 버릴 것이다. 일본이 이긴다면 중국도 해방되고, 인도나 인도차이나도 자유를 얻을 것이다. 아시아 전체가 물질

주의적인 백인문명에서 해방될 것이다."라는 말을 덧붙이면서 여행기를 끝맺는다. 일본은 전쟁에서 패했지만, 그 당시 일본인은 그들처럼 신념과 확신에 차 있었던 것이다.

여행기에 한국과 관련된 내용으로는 ① 불교가 한국에서 전래되었다, ② 도요토미 히데요시의 '중국, 일본, 조선 이 세 나라를 하나로 만들겠다. 그것은 담요를 개어 팔 밑에 괴는 것처럼 간단하다.'라는 말과, 조선 사절이 히데요시를 접견할 때 어머니의 태몽을 얘기하면서 중국을 정복할 것이라는 얘기를 했다는 조선의 기록, ③ 그리스인들이 그리스문명의 재료들을 동방과 이집트로부터 받아 변형시켰듯이, 일본인들은 인도로부터 종교를 받아들이고, 중국과 한국으로부터 문명의 재료들을 받아들여 고유한 문명들을 창조했다는 세 곳이 있다.

책 속에 '마천루'라는 단어가 몇 곳에서 등장하는데, 원문과 영어 번역문에 어떻게 표현되어 있는지 모르나, 일본은 지진이 많은 나라여서 내진설계가 도입된 20세기 말 이전에는 '고층건물'이 있을 수 없고 석조나 붉은 벽돌 건물이었을 것이므로 높아야 7~8층이었을 것이므로 '마천루'보다는 '고층건물' 정도가 타당하지 않을까란 생각이다. 상하이에도 그 당시 석조나 벽돌조 건물이었을 것이다. 상점가의 초찡(ちょうちん, 提灯)을 '라오스풍'의 등, 달(月)을 스키(つき, 츠키), 신사의 문 토리이(鳥居, とりい)를 '도리'로 번역하는 등 일본의 현상을 감안하고 번역하였다면 하는 아쉬움이 있다.

마틴 게이퍼드의 미술 순례기 《예술과 풍경》

《예술과 풍경》은 영국의 미술평론가이자 작가인 마틴 게이퍼드 (Martin Gayford)의 'The Pursuit of Art'(미술순례)를 번역한 책이다. 옥스퍼드 사전에 보면 'pursuit'라는 단어에는 '추구하다'는 뜻 외에, '따라가거나 연연해하는 행동'이란 의미도 포함되어 있고, 또 책을 다 읽고 나면 저자가 작품이나 작가를 찾아 곳곳을 누비는 '순례'를 하고 있음을 알 수 있어 '순례'로 번역했다.

책에 수록된 순례기는 모두 19건인데, 그 중에는 언론에 미술비평이나 인터뷰를 게재하기 위해 '기자'로서 찾은 곳도 있고, 본업인 비평을 위한 공부차원에서 아내와 함께 찾은 곳도 있다. 동양으로는 인도 타밀나두 주의 사원, 중국 베이징에서의 길버트 앤드 조지 전시회 개막식 참석, 중국 산수화를 취재하기 위한 안휘성의 황산(안개)과 산시성의 우타이산(사찰) 및 상하이의 박물관(중국산수화 소장) 방문, 그리고 일본의 나오시마 짧은 탐방 등 4회에 걸쳐 소개하고 있다. 저자 게이퍼드는 황산 봉우리 꼭대기에 펼쳐진 안개를 보고는 "이 모습은 중국문화의 가장 원초적인 광경이다. 그리스인의 판테온, 이집트인의 피라미드와 같다. 어떤 면에서 이 광경은 중국예술의 유일한 주제다."라고 말한다.

살점, 육체를 독특하게 그리는 제니 세빌의 전시회 도록용 인터뷰를 위한 뉴욕방문, 미니멀 추상화가 엘스워스 켈리의 영국 테이트 갤러리 전시를 앞두고 행한 인터뷰를 위한 뉴욕방문, 퍼포먼스에서 설치미술에 이르는 광범위한 활동을 하는 로버트 라우션버그의 뉴욕 스튜디오방문(사진이미지로 된 〈1/4 Mile or Two Furlong Piece〉란 작품은 길이가 240 m), 그리고 텍사스 주 마파의 폐 군비창고를 이용한 도널드 저드의 설치미술작품을 둘러보기 위한 방문 등 네 차례의 미국순례 외에 11번의 순례는 유럽지역을 대상으로 하고 있다.

콘스탄틴 브랑쿠시의 작품(대표작 : 끝없는 기둥) 감상을 위한 루마니아 방문, 스스로 고문하는 작품을 발표하는 퍼포먼스의 대모 마리나 아모라모비치를 만나기 위한 베니스방문, 크로마뇽인의 동굴벽화를 보기 위한 프랑스 도르도뉴 주 탐방, 미켈란젤로·라파엘로 등의 작품을 취재하기 위한 바티칸방문, 텍스트를 이용한 설치작품으로 유명한 제니 홀저를 위한 옥스퍼드 방문(2020년 국립현대미술관에서 〈당신을 위하여 : 제니 홀저〉란 전시가 있었음), 아이슬란드에서의 로니 혼의 설치작품인 24개의 수조로 구성된 〈물 도서관〉 전시 개막취재여행, 35만㎡의 실크공장창고를 이용하여 '위험한(넘어질 것 같은)' 콘크리트 상자로 탑을 쌓는 프랑스 마르세유 북쪽 바르작에 소재하는 안젤름 키퍼의 작업실 방문, '언제까지 살 수 있겠냐?'는 질문에 93세 사진작가 앙리 카르티에브레송은 "몇 년 몇 달이 아니라 중요한 것은 강렬함이다."라고 답했다는 그의 프랑스 파리 자택방문(그는 사진을 '찰나의 드로잉'으로 표현), 사진작가 로버트 프랭크의 스위스 취리히에서의 면담, '물 긁게'를 이용하여 작업하는 추상작가 게르하르트 리히터의 작품(대표작 : 쾰른 대성당의 스테인드글라스작품)을 보기 위한 독일 방문, 사이즈가 크고 손상될 위험이 있는 제단화(祭壇畵)가 많이 소재하는 로마 동북부의 마르케주 탐방(대표작 : 레카나티 수태고지, 복되신 동정마리아) 등이다.

순례기는 작품의 제작의도나 배경, 작가에게 영향을 미친 인물이나 교류한 작가, 작품이 가지는 미술사적 의미, 전시장소나 소장처, 작가들의 말 등으로 구성되어 있으며, 각 순례기의 제목에서부터 평론가인 자신의 평가가 물씬 풍겨나고 있다! 브랑쿠시의 작품을 보러 가는 순례는 '영원으로 가는 긴 여정', 인도의 사원탐방기는 '춤추는 신의 땅에서', 나오시마를 방문하는 여행기는 '모더니즘의 보물섬' 등 미술품이나 장소에 대한 자신의 느낌을 명료하게 전달한다.

나는 바티칸을 1980년대 중반에 아내와 함께 다녀왔는데, 넓은 광장과 바티칸 성당에 사람이 많아 천정을 제대로 구경하지 못했다는 기억밖에 없다. 길버트 앤드 조지 작품은 2018년1월 런던 방문 중 White Cube란 전시장에서 〈THE BEARD PICTURES AND THEIR FUCKOSOPHY〉타이틀로 개최하고 있어 관람하였으며, 포스터도 사와 몇 사람에게 나눠주기도 하였다.(북한 조롱 문구작품도 있음) 일본 나오시마는 꼬박 이틀에 걸쳐, 호텔에 설치된 작품들을 제외하곤 거의 다 둘러보았다. 책에서 언급된 인도 사원에서의 조각상은 인도가 아닌 싱가포르 힌두사원에서 몇 번 보았다. 책에서 현대미술가 여러 명이 소개되고 있는데, 설치작품이나 조각이 잘 알려져 있는 데미안 허스트의 작품은 천안 아라리오 갤러리, 영종도 파라다이스시티에 전시되고 있다.

저자는 미술순례 중 지진 후여서 안전문제로 문을 닫거나 반출 전시중이어서 보고 싶었던 작품을 보지 못하여 다른 작품을 보기도 하였는데, 이탈리아의 마르케 주에서의 로렌초 로토의 작품관람 여정이 바로 그러한 예다. 질리어 에어스란 영국여류화가는 "그림은 벽에 걸 때마다 달라 보여! 매번 빛이 다르거나 사람이 다르거나 무언가가 달라."라고 말하듯이 같은 작품을 여러 번 봐도 다르게 보임을 지적하고 있다.

책속에는 인도 사원을 찾았을 때 사제가 "50파운드를 기부하면 20년 동안 매일 기도해주겠다."는 제안을 해 왔으나 거절했다든가, '보행자, 스쿠터, 밴, 짐꾼, 트럭, 버스, 전차'의 혼돈에 가까운 난장판을 목격하고는 '활기찬 맥박'으로 느꼈다고 말한다. 또 프랑스 동굴을 탐방할 때에는 앞쪽에 줄 선 사람이 다른 사람들의 자리를 맡아두어 관람하지 못하거나 늦게 관람한 사례를 언급하고 있는데, 어디든 자리를 맡아주는 사례들이 있는 모양이다. 많은 독일의 주요 전후미술가들은 망명길에 오른 동독인들인데, 통일전의 동독 미술학도들은 1950년대 영국 학생들이 뉴욕, 파리에서 일어나는 정보에 목말라했던 것처럼, 보고 싶은 굶주림 때문에 서독으로 망명한 사람들이 많았기 때문이라고 한다.

제니 세빌은 자신의 사진을 이용하여 스스로가 모델이 되기도 하였는데, 미술가와 모델 두 역할을 하였음을 말하고 있다. 저자 게이퍼드는 "입체파 전성기의 피카소와 브라크는 때로는 경쟁했지만 서로를 존경하면서 배우는 관계였고, 피카소와 마티스는 조심스러우면서도 서로에게 유익했고 '네가 뭘 하든 내가 더 잘할 수 있다'는 식의 관계였으며, 미켈란젤로와 라파엘로는 격렬한 맞수였다."고 말한다.

레오나르도의 "화가의 마음은 물체가 가진 색에 따라 변하는 거울과 같아야 한다.", "모든 화가는 자기 자신을 그린다.", 로버트 프랭크가 취리히에서 트램이 덜컹거리면서 지나가는 것을 보면서 말한 "이 세상이 언제나 바뀌고 있으며, 다시는 돌아오지 않는다."와, "카메라가 있으면 자유로워졌어요. 무엇이 옳은지 생각하지 않고 단지 좋다고 느끼는 걸 할 수 있었죠.", 게르하르트 리히터가 "예술은 농담이 아니라 진지해야 해요. 나는 예술을 비웃고 싶지 않아요."라는 말들은 기억해 두고 싶다.

번역한 단어 중 '사토리'(悟), 즉 깨달음이란 단어가 두 번인가 들어가 있는데, 사토리(さとり,悟り)는 일본어로, 저자가 쓴 것인지 번

역자가 가져다 붙인 것인지 궁금하다. 루스 베네딕트의 《국화와 칼》에서 '사토리'라는 일본어를 사용한데 연유한 것은 아닐까?

저자인 게이퍼드는 30미터나 되는 브랑쿠시의 〈끝없는 기둥〉이란 조각 작품을 이야기 하면서, "작품의 완전한 효과를 느끼려면 그 존재와 함께 있어봐야 한다."고 했는데, 루마니아, 나오시마, 마르케주는 아내와 함께 여행하였다고 밝힌다. 그는 미술작품을 보기 위한 여행은 미술만을 생각하게 되고 "그 결과로 배우게 되고 최종적으로 조금 변하게 된다. 따라서 출발할 때와 똑같은 사람으로 돌아갈 수는 없다."라고 한다. 저자 게이퍼드는 "사실 대부분의 삶과 예술은 우연 속의 행복을 다룬다."면서, "미술을 찾아서 멈추지 않는 여행을 떠난다. 많이 볼수록 더 보고 싶어진다."라면서 글쓰기를 끝맺는다.

빌 브라이슨의 《나를 부르는 숲》

다른 책에서 미국의 산악종주 트
레일 코스에 관해 읽은 적이 있다.
미국은 땅덩어리가 크므로 코스의
길이 역시 엄청나다. 태평양을 따
라 달리고 있는 캐스케이드 산맥
과 시에라네바다산맥을 따라 조
성된 태평양산맥 종주코스(PCT :
Pacific Crest Trail, 4,270km), 조
지아 주에서 메인 주의 대서양을

내려다보고 연결된 애팔래치안 산맥을 따라 조성된 애팔래치안 종
주코스(AT : Appalachian Trail, 3,520km), 몬태나 주에서 뉴멕시

코 주까지의 대륙종단 종주코스(CDT : Continental Divide Trail, 5,000km), 그리고 대서양연안 델라웨어에서 태평양연안 캘리포니아까지 미 대륙을 횡단하는 미국발견 종주코스(ADT : American Discovery Trail, 10,900km) 등 길이가 어마어마하다. 지리산 천왕봉에서 백두산 장군봉까지의 거리가 1,577km에 불과하고, 한국산악인들의 로망인 백두대간 종주코스 중 남한구간은 700km도 안되어 AT의 5분의 1에 불과하다.

빌 브라이슨(Bill Bryson)의 《나를 부르는 숲》(A Walk in the Woods)은 바로 애팔래치안 종주코스를 트레킹한 얘기를 쓴 책이다. 이런 장거리 코스를 종주하는 방식에는 한국 사람들이 '백두대간을 종주'하듯이 구간 별로 나누어 걷는 구간별 종주(section hiking)와 '스페인 산티아고 순례길' 걷듯이 한 번에 종주하는 일관종주(thru-hiking) 방식이 있다. 빌 브라이슨은 고향 친구였던 스티븐 카츠(Stephen Katz)와 함께 남쪽에서 시작, 처음 800km구간은 일관종주방식으로 걸었고, 중간구간은 혼자 또는 다른 사람과 구간종주, 마지막구간에는 다시 친구와 일관종주를 계획하고 출발하였으나 몇 구간 등산 후 중도에 포기하였다.

책을 읽기 전에 '등산코스 얘기가 무슨 재미가 있을까? 다 읽을 수 있을까?'라는 의구심이 들었다. 책을 펴니 대장정에 나선 자기합리화, 숲의 위험성, 종주시기와 코스, 준비사항 등 일반론을 전개한 후, AT구간의 '곰' 이야기에 상당을 할애하고 나서, 동행할 친구 얘기가 등장한다. 다시 AT 개발역사, 출발지점과 종주성공률, 배낭의 무게 등 '따분한 얘기'가 이어져 읽는 진도가 나가지 않았다.

책을 6분의 1쯤 읽고 나니 그제 서야 '숲은 냉혹하고 난폭하며 야만적이고 무시무시한, 보통사람들보다 야생동물에 더 가까운 사람에게 더 적합한 곳'이며, 미 국토가 많이 개발되었다고는 하지만 개발된 면적은 아직 2%에 불과함을 말한다. 그러면서 저자는 숲을 보호해야할 '산림청'이 도로건설이나 과학적 산림이란 명분으로, 자연경관을 모욕하고 생태를 파괴하며 '강간'하고 있다고 비난한다. 백년생 소나무 한그루를 2달러에 팔고는, 조사·도로건설비용에 4 달러를 지출하여, 산림청은 적자를 낼 수밖에 없는 구조라고 목청을 돋운다.

저자는 등산도중 다른 등산객들을 만나 함께 종주할 수 있을 것으로 생각했으나, 몇 시간 동안 다른 사람을 한 명도 못 보는 '완전무결한 고독'을 맛보았으며, 동행한 카츠도 걷는 속도가 달라 기다려서 만나곤 하였단다. 자신을 철저히 일상생활에서 격리시키는 경험을 하다 보니, 닷새 만에 산장에서 '흰 빵을 보니 오르가즘을 느끼고 상점의 음식에 황홀감에 젖었다'고 술회한다. 그리고 매사추세츠 주체셔등산로에는 '흑파리'가 "어딜 가든 따라와 귀와 입, 콧구멍으로 들어와 고역이었는데, 땀은 그놈들에게 오르가즘을 느낄 수 있는 환희의 절정을 제공하고, 방충제는 오직 그놈들을 더욱 흥분시킬 뿐이다."라고 하여, 사람이든 흑파리든 일정기간 '먹이'를 제대로 섭취하지 못하다가, 먹을 것을 보면 '오르가즘'을 느낄 정도임을 적절히 대비시키고 있다!

브라이슨은 친구 카츠와 달리 걷는 일에만 집중하여 앞서갔으며, 친구를 기다렸고, 필요한 물품도 잘 챙겨 무겁다고 버리지 않았으나, 친구는 함께한 시작구간과 마지막 구간 초입에서 무게 때문에 상당량을 버려 산행도중 어려움을 겪었음을 이야기한다. 심지어 한창 더울 때 그것도 암석구간에서 '생명수'인 물을 버린 것을 알고, 앞서 가 준비하였으나 길이 엇갈려 만나지 못해 애태웠음도 적고 있다.

책속에는 두 사람이 트레킹하는 동안 만난 사람들 중 잘난 체 하는 사람, 장비 자랑하는 사람, 산장이나 휴게소에서 타인을 배려하지 않는 사람 등에 대처하려고 외면해버리거나 스스로 피하는 등 대응했던 경험도 기술하고 있다. 또 텐트에서 숙박하는 동안 겪은 추위나 동물, 특히 곰 출몰에 조마조마했던 순간, 음식냄새가 나지 않도록 하고 곰의 습격으로부터 음식물을 간수하기 위해 높은 나무에 걸어두거나 조그만 칼을 찾아두는 등의 자위조치, 길을 잃고 헤맸던 추억, 많은 적설 때문에 산을 내려와 머물다 올라가 '인내심이 형편없는 앞선 등산객'이 다져놓은 길을 걸었던 기억 같은 것도 간간이 언급되고 있다.

브라이슨과 카츠는 북쪽방향 출발점인 조지아 주 스프링어 산에서 출발(1996.3.9.)하여, "숲에서 똥을 누었고 곰들과 함께 잤다. 산사람이 되었고, 영원히 그럴 것이다."라는 생각까지 했음에도 800km, 125만 발자국을 걸은 후 다른 일 때문에 버지니아 주 프런트 로열에서 등산을 그만뒀으며(날자 명시하지 않음), 두 사람은 8월에 메인 주에서 합류하여 마지막 구간을 종주하기로 하고 헤어진다.

브라이슨은 각 구간에 얽힌 이야기를 소개하면서 식물학자들의 새로운 종의 식물발견과 채집, 외국으로부터 진균 유입으로 아메리칸 밤나무 등 식물이 사라진 현황, 산성비·집시나방·탄저병 등으로 인해 동식물이 신음하고 있는 실상, 미국인 외출의 93%가 자동차에 의존하고 있고 심지어 동네 피트니스센터에 가기위해 자동차로 이동하는 등 자동차이용문화에 익숙해 미국인은 하루 320m만 걷는다든가, 대피소·캠프장·휴게소 등 코스도중의 편의시설은 산림행정기관보다는 자원봉사조직이 더 기여하고 있다고 하면서도 뉴햄프셔 주 라파예트 산의 애팔래치안마운틴클럽(AMC)의 산장은 조석식 포함 1박에 50달러를 받아 애팔래치아'머니'클럽으로 불릴 정도로 비싸다고 하는 등 여러 가지 정보도 함께 제공한다.

이 책의 원본은 1996년에 쓰여 책에 언급된 종주기록들은 시간이 많이 지나 구글로 검색해보니 차이가 있었다. 타인의 도움을 받지 않고 AT를 빨리 종주한 사람, 가장 나이 많거나 어린 사람은 모두 2010년 이후 기록이었다.

〈가장 빠른 종주기록〉
남 → 북 : Joe McConaughy (2017. 8. 31, 45일 12시간 15분)
북 → 남 : Heather "Anish" Anderson (2015. 9. 24, 54일 7시간 48분
〈연령기록〉
최고령 종주자 : Dale "Grey Beard" Sanders : 82세(2017. 10. 26)

최연소 종주자 : Juniper "The Beast" Netteburg : 4세(2020. 10. 13)

또 미국인도 등산로 대피소에서 밤새도록 술을 마시고 야단법석을 피우거나 무례한 행동을 해, 얄미워 등산화 끈을 풀어오기도 했음을 쓰고 있는 것을 보니, 그곳 사람도 별수 없이 감정의 동물임은 마찬가지란 생각이 들었다. 트레킹 중에 담배피운 얘기가 몇 번 등장하는데, 지금도 공원이나 트레일에서 흡연이 허용되는지 궁금하다.

빌 브라이슨은 공원의 역사, 동식물, 트레킹의 아름다움이나 위험요인, 사건사고를 포함한 각종 기록들을 기술하면서 다양한 자료를 인용하고 있는데, 《자연의 행위》, 《산맥 속으로》 등 다른 서적들의 내용도 인용하고 있다. 저자는 매사추세츠의 그레이록(Greylock)이란 산이 애팔래치아에서 가장 '문학적인 산'이라고 하면서 《모비딕》을 쓴 허먼 멜빌, 《주홍글씨》의 너새니얼 호손과 《순수의 시대》 작가이자 퓰리처상을 수상한 에디스 와튼이 근처에 살았다고 한다. 책 끝부분에 브라이슨이 참고한 서적목록이 첨부되어 있다.

메인 주의 구간이 AT중 가장 힘든 코스인데, '100 Mile Wilderness'라는 숲길을 들어서는 느낌을 꼭 껴안고 싶은 동물들이 뛰노는 '디즈니 류의 숲'이 아니라, "불안하게 다가오는 곰과 꽁무니를 따라오는 뱀, 빨간 레이저 눈을 가진 늑대, 괴기스러운 소리와 갑작스러운 공포의숲, 멎어 있는 밤(standing night)의 숲"처럼, '오즈의 마법사'에 나오는 숲과 같다고 묘사하고 있다. 그 코스에서 두 사람은 길을 헤매다 간신히 만나 하산을 결정하고 벌목하는 차를 타고 지치고 상처투성이인 채로 산 아래 하숙집까지 도착한다.

미끄러지고 넘어지며, 욕설을 지껄이며 고통스럽게 등산을 했던 카츠와 달리, 브라이슨은 "트레일이 지겨웠지만 트레일의 노예가 되었고, 지루하고 힘든 일인 줄 알았지만 불가항력적이었으며, 끝없이 펼쳐진 숲에 신물이 났지만 숲의 광대무변함에 매혹되었다. 그만두고 싶었지만 끊임없이 되풀이하고 싶기도 했다."고 술회한다. '메인 주를 등산했다. 우리는 시도했다.'는 친구의 말로 애팔래치안 트레일의 의미를 살피면서 글은 끝난다. 그가 걸은 전체 거리는 1,392km 였으며, 이후 그는 뭔가 일이 잘 풀리지 않으면 등산을 다녀온다고 한다. 등산을 포기하고 내려와 묵었던 하숙집 노파가 "너희들이 준비될 때까지 산은 그대로 있을 거야."라고 말 했는데, 그들, 아니 책을 쓴 브라이슨이 다시 종주에 도전, 완주했는지가 궁금하다.

AT코스 길이와 관련 저자는 책 도입부에서는 3,360km라고 하고, 중간에는 3,470km, 마지막에는 3,520km로 적고 있어 헷갈리는데, 앞쪽의 이 글 소개부분에는 긴 쪽을 택했다. 다른 코스 역시 인터넷에서 검색한 결과 길이가 서로 달랐다. 개발로 인해 코스가 단절되어 줄어든 곳도 있고, 어떤 길은 화전이나 탄광을 걸쳐 있었으나 세월이 지나 자연이 회복되어 숲길이 된 곳도 있는 것처럼 길 자체가 조금씩 달라질 수도 있음을 설명하고 있지만, 그래도 책 앞뒤에서 트레일 길이가 서로 다른 것은 역자라도 설명을 해야 하지 않을까?

알랭 드 보통의《여행의 기술》

알랭 드 보통의《여행의 기술》의 원서는《THE ART OF TRAVEL》로 직역하면 '여행의 예술'인데 "왜 '기술'로 번역했을까?"란 생각이 들었다. 기술이란 단어도 한자로 쓰면 技術, 記述이 있는데, 번역자는 아마 뒤쪽 한자의 의미로 쓴 것 같다. 목차를 보면 여행을 떠날 때 어떤 기대를 가지는지, 여행의 동기는 이국적(異國的)인 것을 관찰하거나 호기심 충족차원일 수 있고, 여행에서는 도시와 시골, 숭고한 자연 등을 체험하며, 미술이나 자연의 아름다움을 느끼고 소유·기록하고, 일상으로 돌아와 삶을 반추하는 습관을 체화시키는, 여행의 일련의 과정들을 작가, 화가들의 경험이나 작품 속 이야기들과 결부시켜 쓰고 있다. 처음에는 왜 각 장 마다 장소와 안내자를 표시했을까 의아했고 특별한 의미도 발견하지 못했다.

여행의 기대와 관련하여 J.K. 위스망스의 소설《거꾸로》의 주인공 데제생트 공작을 등장시켜 네덜란드 여행에서 본 것 보다 루브르박물관 네덜란드전시실에서 본 것이 더 깊이가 있었음을 생각하고는 런던여행을 출발한 후 전격적으로 취소하고 이후 해외여행을 하지 않았음을 '기술'하고 있다.

마지막 '귀환'이란 장에서 사비에르 드 메스트르의《나의 침실여행》,《나의 침실 야간 탐험》에서처럼 폭풍, 강도, 돈, 노력을 걱정하는 사람들이 '방구석에 틀어박혀 파자마를 입고 소파의 다리나 가죽을 쳐다 보는' 침실여행까지 등장한다. 아무리 "여행으로부터 얻는 즐거움은 여행의 목적지보다는 여행하는 심리에 더 좌우될 수 있다."고는 하지만, 여행을 하지 않는 것과 집구석여행은 여행이라 할 수 없지 않겠는가! 또 데제생트처럼 집안 곳곳을 여행지의 온갖 물건들로 채우고 꾸민다고 하여 '여행이라는 실제의 경험'을 대체할 수는 없는 것이 아닐까?

"행복을 찾는 일이 우리의 삶을 지배한다면, 여행은 그 일의 역동성을 그 어떤 활동보다 풍부하게 드러내준다. 여행은 비록 모호한 방식이기는 하지만 일과 생존투쟁의 제약을 받지 않는 삶이 어떤 것인지를 보여준다." 여행을 하면 거치게 되는 휴게소나 공항, 식당, 호텔, 주유소, 이용하는 비행기나 열차, 배 등도 '생각의 산파'로 여행을 '기술'하는 제재(製材)가 되기도 하는데, 보들레르나 에드워드 호퍼도 다양한 여행 시를 남겼다.

여행은 많은 것을 보여주고 느끼게 하며, 공헌한다. 런던 아파트 현관이 고전시대의 신전모습이라면, 암스테르담의 현관은 단정하고 장식 없는 벽돌로 되어 있어 새로움을 보여준다. 이집트 저자거리의 혼돈, 똥 누는 당나귀, 낙타 등 풍광은 여행자들에게 '이국적인 정서'를 느끼게 한다. 훔볼트가 쿡 선장의 2차 남아메리카 탐사항행에 동행하면서 자연, 생태, 동식물, 해양 등에 관해 '호기심'을 갖고 조사, 기록하여 《신대륙의 적도지역 여행》이란 30권의 여행기를 출간하여 '지식의 수준을 바꾸어 놓았으며', 식물학, 천문학, 비교해부학 발전에 지대한 공헌을 하였다.

새, 냇물, 수선화 등 자연현상을 소재로 시를 쓴 윌리엄 워즈워스는 "자연을 자주 여행하는 것은 도시의 악을 씻어내는 필수적인 해독제"라고 하였는데, 평론가들은 그의 시를 '유치하고 터무니없는 작품'이라고 혹평하기도 하였지만, 계관시인(桂冠詩人)으로 임명되었다. 그는 "도시에 살면서도 도시가 습관적으로 길러내는 저열한 감정들에 굴복하지 않는 것은 자연 덕분"이라고 생각했으며, "자연 속에 살면서 자신의 성격이 경쟁, 질투, 불안에 저항하는 쪽으로 형성되어갔다."고 주장한다. 워즈워스는 영혼에 유익함을 주는 감정들을 느끼기 위해 풍경 속을 돌아다녀 보라고 권한다.

나무와 풀, 물과 짐승이 없는 골짜기, 사암 바닥에 둥근 바위들만 흩어져 있는 '시내 산'을 여행하면서 성경에서 말한 '숭고함'을 느끼는데, 자연의 광대함 앞에서 우리의 삶을 힘겹게 만드는 사건들을 좀 더 담담하게 받아들이는 데 도움을 얻을 수도 있다. 프로방스를 여행하면서 파리에서 아를로 이사 간 반 고흐의 흔적들을 추적한다. 그는 프랑스 남부를 그리고 싶었고, 자신의 작품을 통해서 다른 사람들이 남부를 보도록 돕고 싶었는데, 화가는 이처럼 "세상의 한 부분을 그릴 수 있고, 그 결과 다른 사람들이 그것에 눈을 뜨게 해줄 수 있다."

"휘슬러가 안개를 그리기 전에 런던에는 안개가 없었다. 마찬가지로 반 고흐가 사이프러스를 그리기 전에 프로방스에는 사이프러스가 거의 눈에 띄지 않았다. 반 고흐가 없었다면 올리브나무 역시 지금처럼 눈에 들어오지 않았을 것이다.", "현실 자체는 무한하며 절대 예술로 전부를 나타낼 수 없다. 반 고흐가 독특했던 것은 그가 중요하다고 느껴서 선택했던 것이 독특했기 때문이다.", "화가는 단지 재현만 하는 것이 아니다. 화가는 선택을 하고 강조를 한다. 화가는 그들이 그려낸 현실의 모습이 현실의 귀중한 특징들을 살려내고 있을 때에만 진정한 찬사를 받는다."

포도주 수입업자였던 부유한 아버지를 따라 영국 각지와 유럽 본토의 아름다움을 찾아 가족들과 함께 여행한 존 러스킨은 '아름다움과 그 소유'와 관련하여 ① 아름다움은 심리적인 동시에 시각적으로 정신에 영향을 주는 수많은 복잡한 요인들의 결과물이다, ② 사람에게는 아름다움에 반응하고 그것을 소유하고 싶어 하는 타고난 성향이 있다, ③ 소유에 대한 욕망으로 양탄자를 사거나, 자기이름을 기둥에 새기거나, 사진을 찍는 등 저급한 것이 많다, ④ 아름다움을 제대로 소유하는 것은 아름다움을 이해하고 스스로 아름다움의 요인들을 의식하는 것이다, ⑤ 의식적인 이해를 추구하는 가장 효과적인 방법은 쓰거나 그리는 등 예술을 통해 아름다운 장소들을 묘사하는 것이다라고 하였다.

하루에 40km이상을 가지 않았던 러스킨은 "빨리 간다고 해서 더 잘 보는 것은 아니다. 진정으로 귀중한 것은 생각하고 보는 것이지 속도가 아니다."라고 했다. 그는 "그림을 통해서 희미해지는 구름, 떨리는 잎, 변하는 그림자를 붙잡아놓을 수 있다."고까지 하였다. "아름다움에 대한 우리의 인상을 굳히려면 글을 써야 한다."면서, "우리가 그렇게 하지 못하는 것은 스스로에게 충분한 질문을 하지 않기 때문"이라고 한다. 러스킨은 "고통을 이해하고 아름다움의 근원을 헤아려보는 것을 예술의 두 가지 목적"이라고 했다.

저자가 마지막 장 귀환에서 말하듯이 여행을 하면서 "모든 것에 잠재적인 흥밋거리가 있고, 가치들이 층층이 잠복해 있다."고 생각해야만 즐겁고 유익한 여행이 될 수 있다. 더하여 그리거나 쓴다면 더 생생한 현장감을 오랫동안 간직할 수 있을 것이다. 나아가 저자가 책을 썼듯이 작가나 명사들의 여행기를 섭렵한다면 더 알찬 여행이 될 것이다.

알랭 드 보통은 여행에서 속도는 중요하지 않다고 하였지만, 바쁘게 살아가는 현대인에게, 특히 기분전환을 위한 여행의 경우에는 단체여행만큼 저렴하고 편리한 여행은 없지 않을까? 코로나19로 '집콕'하면서 여행책만 계속 읽고 있는데 언제쯤 자유로운 나들이가 가능할까?

카트린 파시히 등의
《아무도 가르쳐주지 않는 여행의 기술》

이 책에 소개되고 있는 여행지들은 히말라야의 산(에베레스트, 난다 데비 등), 스코틀랜드의 고원지대, 네팔의 쿰부지역, 시에라네바다 델 코쿠이 국립공원, 로키 산 국립공원, 영국 웨일스 산, 뉴저지 파인 배런스 숲, 요세미티 밸리, 오스트레일리아 황무지, 폴리네시아 등이다. 이들 지역은 인적이 없거나 드문, 개발되지 않은 지역들로, 일반 여행객들이 아니라 탐험가, 개척자, 전문적 트레킹 족 등이 다녔

던 곳이며, 여행 시기도 위성항법장치의 도움을 받아 내비게이션을 활용하는 요즈음 얘기가 아니라 옛날 얘기가 중심이다.

'관광지' 여행에 관한 책이 아니며, 어떻게 보면 탐험이나 모험 과정과 같은 인생행로에서 어려움과 고난에 봉착할 때에는 어떤 자세로 임해야 하는지를 알려주는 인생지침서와 같은 성격이라 함이 적확하다. "휴가는 1년 중 비록 며칠일지라도 시간이라는 코르셋을 벗어던지는 것"임에도 첫날부터 마지막 날까지 빡빡한 스케줄로 꽉 채워야만 제대로 휴가를 보냈다는 생각을 가진 보통의 한국인에게는 별 도움이 되지 않는 '여행의 기술'이다.

지도를 버리고 '길을 잃는 것'이 "인생길 전체로 보면 시간을 절약하고, 경제적이며, 제대로 쉬는 휴가이고, 새로운 세계를 발견하는 방법"일 수 있다. 요체는 '길을 잃더라도 패닉에 빠지지 말라'는 것으로, 책 속에서 소개되는 '여행기'들의 저자들인 탐험가들은 "숲에 살면서 재미로 인간들에게 주술을 걸어 길을 잃게 만드는 스웨덴의 요정 스콕스누바의 마법"에서 벗어났던 성공적인 여행가들이다.

"누구나 길을 잃는다. 다만 어떤 사람은 자주 길을 잃고 다른 사람들은 그리 자주 길을 잃지 않을 뿐이다. 길을 잃는 것은 실수 때문이다. 실수를 절대 하지 않는 사람은 없다. 따라서 길을 잃는 것은 인간 존재의 자연스러운 면으로 우리는 이것을 피해 갈 수 없다."

"사람들은 길을 나설 때 가능한 한 곧바로 목적지로 가려고 하고 노선 수정은 최대한 하지 않으며, 하더라도 가장 마지막 단계에서 하려고 한다." 불쾌한 기분이거나 무리 간에 갈등이 있을 때는 방향감각을 상실할 수 있으며, 위험지역에서 길을 잃을 것 같은 첫 징후가 보일 때 패닉에 빠지지 않기를 나직이 외우는 것도 좋은 방법이다.

'여기 있기(Be here)'는 어떤 사람들에게는 패닉과 절망에 빠지는 것을 막아주는 약이 되며, 길을 잃은 상황에서 이론적으로 한없이 오래 버틸 수 있는 열쇠가 되기도 한다. '뭔가를 하는 것이 아무 것도 안 하는 것보다 낫다.'고 하지만, 불확실성을 견딜 수 있는 힘, 즉 침착함의 유지가 필요하며, "길을 잃었을 때에는 보수적으로 행동하기, 걱정하기, 일찍 되돌아가기와 같은 것들이 문제해결의 열쇠가 된다."

"마로니에 나무는 남쪽 방향의 가지들은 수평으로 뻗어 있고 북쪽의 가지들은 수직으로 해를 향해 뻗어 있는 것은 바람의 영향 때문이며, 태양의 움직임, 동물의 흔적, 냄새와 소리의 흔적 등 방향감각을 찾는데 도움을 주는 것들"이 여행의 길잡이가 될 수 있다. 길을 잃은 후 '구조'라는 "행운이 일어날 기회를 더 늘리기 위해 여러 장소에 많은 물건을 떨어뜨려야 한다. 가장 좋은 것은 이니셜이 새겨진 소지품을 잃어버리는 것이다."라고 한다.

"길을 가는 데 규칙은 없다. 순서도 없다. 옳고 그름도 없다." 카트린 파시히와 알렉스 숄츠는 좀 더 여유롭고 지혜로운 삶을 위해 '길 잃기' 연습 과정으로 독자를 안내한다. 뜻밖의 행운을 발견하기 위한 우연한 여행을 시작하는 법!

★ 초급자 : 지도를 던져라! 내비게이션의 포위망에서 길을 잃기 어려운 지금, 지도를 던지는 것은 최고의 도전이자 최후의 모험이다! 지도를 던지는 순간 새로운 세상이 열린다!

★ 중급자 : 모험의 스릴을 즐기고 싶은데, 용기가 나지 않는다면? 모든 위험에 철저히 준비하라! 자칫 방심했다가는 목숨을 잃을 수 있다!

★ 전문가 : 더 이상 길 잃기란 없다! 지도는 내 안에서 살아 움직인다! 이제 길을 잃는 순간, 스펙터클한 진짜 인생과 우리를 기다리는 예상 밖의 행운의 축제가 눈앞에 펼쳐진다!

(이상 출판사 서평 中)

사람들은 6밀리미터의 드릴을 가지기 위해 드릴을 사는 것이 아니다. 그들은 6밀리미터의 구멍을 원하는 것이다. 하지만 실제로 6밀리미터의 구멍을 가지려고 하는 것도 아니다. 그들은 자신의 집을 꾸미는 일에 관심이 있는 것이다. 이런 생각을 더 추적하다보면 마지막에는 '행복'이 자리 잡고 있다. 드릴을 사는 사람은 행복을 얻으려는 것이다. 삶은 가끔 이렇게 엉뚱하다.

문윤정의《걷는 자의 꿈, 실크로드》

문윤정은 인도, 네팔, 캄보디아, 파키스탄, 중국, 터키 등 여러 나라를 배낭여행한 후 "여행을 통해 삶에 대한 의문을 풀지 못했지만, 삶을 사랑하는 법을 배웠다."고 말한다.《걷는 자의 꿈, 실크로드》는 바로 자신의 삶을 살찌우고 사랑하기 위한 여러 여정에서 로마와 시안을 잇는 실크로드 중 파키스탄과 중국에 걸친 구간을 여행한 에세이다.

발문을 쓴 사진가 김홍희는 "구도자와 같은 길을 떠나 볼 것은 보았고 찾을 것은 찾은 문윤정이 글과 사진으로 우리에게 보시하는 것"이라고 하였다. 보시이니 기꺼이 받아들이려면 읽어야 하는데, 서점·중고서점에서도 책을 구할 수 없어 국립중앙도서관 신세를 졌다.(블로그에서 이 글을 읽은 문우가 나중에 중고 책을 구해 주었다!)

저자는 책 속에서 "삶보다 더 서스펜스하고 스릴 넘치는 놀이가 또 있을까?"라면서 "왜 무서운 놀이기구를 타는지 이해할 수 없다."고 하면서, 정작 자신은 안전장치가 부착된 놀이기구보다 '훨씬 더 무모한 여정'을 다반사로 감행했다. 그는 낯 모르는 남자의 오토바이를 얻어 타고, 다른 여행자들과 함께 록밴드그룹과 춤판에 참가하거나 문이 열린 민가에 불쑥 들어가기도 하고, 노천시장에서 칼국수 써는 것을 돕거나 나귀가 끄는 마차를 타고 싶어 수레를 세우기도 하였다. 글을 쓰기 위해서인지 몰라도 '여자 혼자서' 용감무쌍하게 3주 동안 종횡무진 했다.

코란에는 '여성은 가족이나, 성욕을 갖지 못하는 하인, 성에 대한 부끄러움을 알지 못하는 어린아이 이외에는 아름다운 곳을 드러내지 않도록 해야 한다.'는 구절이 있다. 그래서 여성들은 부르카, 니캅, 차도르, 히잡(몸을 가리는 정도 순) 등을 둘러 남성들의 '음욕발동'을 미연에 방지하고자 한다. 이슬람국가인 파키스탄을 여행할 때에는 그녀 역시 여행 중 공개된 장소에서 히잡을 두르긴 했겠지만, 여성들의 사진을 찍는 것이 금기시 되어 있음에도 카메라를 들이댔으며, 시장바닥에서 기도하는 사람을 찍으려다 제지당하기도 하였음을 밝히고 있다.

저자는 이 여행을 떠나기에 앞서 상당히 많은 '공부'를 하였음을 곳곳에서 느낄 수 있었다. 여행경로에 있는 지역의 역사는 물론, 일반여행자들은 관심을 갖지 않을 것도 염두에 두었다가 방문이나 체험해보는 노력을 기울여, 많은 정보와 재미를 독자들에게 '보시'하고 있다.

16세기 전반에서 19세기 중엽까지 인도대륙을 통치한 이슬람 왕조인 무굴제국(1526~1857)의 한 때 수도이기도 했던 파키스탄 라호르 여행 편에서는 왕조의 역사는 물론 왕, 왕비, 왕자의 사랑얘기에 얽힌 전설, 중국 홍산지역 여행에는 진룡탑에 얽힌 비화나 아편전쟁의 발발원인, 돈황에서는 돈황을 사랑한 선녀 이야기, 타클라마칸 사막에서의 '로바여인'이야기 등은 그가 여행준비와 글쓰기에 엄청난 공력을 쏟아 부었음을 증명한다.

파키스탄의 수도 이슬라마바드의 '국부'로 숭앙받고 있는 샤 파이잘 기념모스크를 소개할 때에는 그의 시집 《자아의 비밀》, 《동방으로부터의 메시지》를 언급하고, 카라코람하이웨이 부분에서는 건설의 배경과 공기, 건설 중 희생된 노동자 수까지 조사해서 글에 반영하였다. 로마인들이 손에 넣고 싶어 했던 향료의 재료와 산지는 물론, 타클라마칸사막에서 사라진 고대왕국 '누란(Loulan)'을 발견한 독일인 '폰 르콕' 등의 문화재 발굴 및 탈취, 투루판에서 번성했던 '마니교'의 창시내력 등등 '기록'들도 꼼꼼히 뒤져 글을 썼다.

저자 문윤정은 여행작가이기도 하지만 수필가다. 그의 글 속에는 여정만을 드라이하게 쓰고 있는 것이 아니라, 문필가다운 문장들을 버무려넣어 쉽게 읽히도록 양념을 치고 있다. 길기트를 여행하면서 나무둥치를 끌고 가는 여인네를 보고는 '나무하고 밥하면서 살아왔을 것이라 생각'하면서, "거대한 삶의 수레바퀴를 멈출 수는 없다 하더라도 새로운 것 없이 그대로 반복된다면 난 당연히 거부할 것이다. 똑같은 것을 다시 반복한다는 것만큼 재미없는 일이 또 있을까 싶다."고 한다.

훈자에서 심한 바람이 불 때 "미친 듯이 흔들어대는 바람에 몸만큼이나 마음도 흔들린다. 미친바람 탓이다. 포플러들은 키가 커서 그런지 안쓰러울 정도로 흔들렸다."든가, 타클라마칸사막이 개발되는 모습을 보고는 "바람에게만 순순히 길을 내어주고 마음을 허락했던 사막은 인간에겐 그리 호의적이지 않았다. 이제 타클라마칸사막은 강제적으로 제 몸을 열어젖히는 인간에게 백기를 들었다. 제 몸을 관통하는 도로를 내어주는가 하면, 제 몸에 구멍을 뚫어 저 깊이 묻혀있는 검은 석유를 노략질하도록 내버려 두었다."고 한다.

모래 속으로 사라졌다가 1600년 만에 다시 호수가 된 로프노르호수를 '방랑을 끝내고 제자리로 돌아 온' 것에 비유하면서, "나의 방랑은 언제쯤 끝날 것인가? 이 한 생이 끝나는 날, 나의 방랑은 끝날 것 같다. 방랑하지 않는 삶이 꼭 건강한 삶이라고 할 수는 없다. 나뭇잎이 바람결에 흔들리면서 성장하듯이, 마음 안에서 마음 밖에서의 방랑은 내 영혼을 성숙시키는 그 무엇인 것이다."라고 읊는다.

문윤정 작가는 파키스탄에서는 코리안 드림을 꿈꾸고 한국에 취

업한 후 귀국한 현지인의 집에 초대되어 차 대접을 받거나, 한국식당을 찾아 '여행 중의 향수'를 달래기도 하였다. 또 그녀의 여행기 중에는 신라 혜초스님의 《왕오천축국전》, '동양의 한니발'로 칭송받고 있는 고구려 유민 '고선지장군' 이야기도 등장하며, 돈황의 '막고굴' 중 〈유마경변상도〉가 그려진 237호 굴에는 법문을 청하는 각국 사신 중에 '신라사신'도 있음을 소개하고 있다.

저자는 라호르박물관에서는 당연히 세계적인 불교유물인 눈은 해골처럼 움푹 들어가고 뺨은 가죽만 남고 몸은 뼈만 남은 '단식하는 붓다'를 관람하였으며, 파키스탄의 탁실라, 중국 곳곳의 석굴과 사찰에서 불상과 스투파를 보았다. 파키스탄의 불교문화는 이슬람문화 전파로 쇠퇴의 길을 걸었으며, "중국의 문화예술은 불교에 빚지고 있다."고까지 말하면서, 실크로드연변의 다양한 불교문화를 소개하고 있다. 저자는 다년간 불교 간행물의 기자와 논설위원을 역임한 바 있고 불자이기도 하여, 글 곳곳에 간다라미술 등 불교문화에 대한 관심과 애정을 담아내고 있다.

저자는 파키스탄 여행 중에는 "별로 볼거리도 없는 좁은 골목길을 걷고 또 걸은 것은 순전히 사람들의 미소 때문"이라면서 "순정한 미소에 안온함을 느낀다."고 까지 한다. 그러나 중국에 들어가서는 "외국인을 함부로 다루는 오만한 중국, 무례한 중국인에 화가 났다."라거나, 베제클리크석굴 관람 시 20위안을 받으면서 "오만 불손하다. 감시하고 있는 느낌이 들어 유쾌하지 않았다."고 쓰고 있다. 파키스탄은 이슬람 국가여서 행동에 제약은 있었지만 순박했는데, 중국에서는 "캔 맥주를 집어 들면서 해방감을 느꼈다."고는 했지만, 오만하다는 인상을 받았음을 몇 곳에서 언급하고 있다.

1985년 필자 가족여행

나는 1984년부터 2년 반 동안 이 슬라마바드 한국대사관에서 공보관으로 근무했다. 한국의 문화예술을 소개하고 통일외교정책이나 경제정책을 소개하는 일을 하였는데, 한국에서 파키스탄을 방문하는 공연단, 문화재조사단, 기자단을 지원하는 업무도 수행했다. 1986년에는 동국대학교의 문화재조사단이 여행기에서 언급한 탁실라, 카라코람하이웨이, 길기트 등을 방문하였으며, 그 내용은 중앙일보에 연재되었다. 훗날 연구보고서도 발간하였다고 하나 보지는 못했다.

근무당시는 소련의 아프가니스탄 침공으로 문윤정 저자가 가지 못하였다고 기술한 페샤와르 인근지역에 수십만 명의 아프간난민 정착촌이 있었고, 이슬라마바드 인근에서도 폭탄테러가 일어나는 등 치안이 좋지 않아 페샤와르, 카이버패스 등은 방문위험지역이었다. 한국정부는 파키스탄 정부에 구호기금이나 현대 소나타2 등 물품을 지원하던 시기였다. 두 나라가 외교관계를 수립한 것이 1984년으로 북한에 비해 외교활동 공간이 훨씬 좁았던 시기였다.

《걷는 자의 꿈, 실크로드》에도 중국의 이슬람가정에서 가족이외의 어느 누구에게도 보여주지 않았던 얼굴을 아낙이 '니캅'을 벗고 사진 촬영에 응하였다는 내용이 나오는데, 대사관에 근무하는 현지 젊은 여성들 역시 출퇴근할 때에는 '히잡'을 쓰지만, 대사관 안에서는 벗고 근무하여 그렇게 좋아할 수 없었다. 일반적으로 외부활동을 하는 젊은 여성들은 학력과 가정형편이 좋아 봉급이 많고 적음에는 별 신경을 쓰지 않으면서, '신체를 가리는 의상'을 벗고 생활할 수 있는 직장을 너무 좋아하였던 기억이 있다.

파키스탄 근무기간 중 온 가족이 카시미르의 길기트, 훈자지역을 여행한 적이 있다. 수도인 이슬라마바드를 벗어나면 치안도 문제고 언어소통에도 문제가 있어 개인적으로 고용한 운전수와 함께 다닌다. 파키스탄은 200여 년간 영국의 식민지였던 관계로 도로사정은 좋지 않지만 곳곳으로 길은 나 있다. 거리에는 벤츠와 우마차, 사람이 함께 다녔으며, 식량은 부족하지 않고 수도 남쪽 지역은 춥지도 않아 먹고사는 문제에 대해서는 걱정이 없어 '아등바등' 살지는 않는다. 잘살고 못사는 것은 '알라신'의 뜻이라는 종교관도 한 몫 한다. 《걷는 자의 꿈, 실크로드》에서도 저자가 "여행 중의 운명이 운전사에게 달렸다."라고 했는데, 큰 나무 한 그루 없는 산 중턱으로 난 도로를 달리는 자동차를 타고 옆을 보니 천 길 낭떠러지를 달리고 있고, 계곡에는 희뿌연 색깔의 물이 흘러가고 있는 강을 보니 삐끗하면 그냥 골로 갈 것 같다는 두려움이 덮쳤다.

탁실라에 가면 '흙 묻은' 조그만 불상을 사라는 호객꾼들을 만난다. 오래된 것이 아니라 거의 전부가 그냥 흙을 묻혀 가져 온 것들이며, 벽돌 등은 진품도 있으나 수집품으로는 적합하지 않아 지나치는 것이 보통이다. 근무하는 기간 중 현지인의 시신 처리방법을 보니 참 어리둥절했다. 비가 내리지 않아 개천은 말라 있었는데, 그곳에다 시신을 그냥 옷가지 같은 것에 싸서 버렸다. 물어보니 새가 와서 영혼을 거둬간단다!

근무당시만 하여도 페트병 생수가 일반적이지 않아 끓인 물을 콜라병에 담아 마시곤 하였다. 여행기에는 강물이 '잿빛, 탁하다, 흐리다'는 얘기가 곳곳에서 등장하는데, 이는 빙하가 녹은 물이기도 하지만, 물에 '석회석'이 많이 함유되어 있어 물을 끓이면 냄비바닥이 희뿌옇게 될 정도로 석회가 가라 않는다. 한국에서 방문하는 분들에겐 끓인 물을 주기도 했다.

책을 읽고 실크로드를 통한 동서간 견마교역(絹馬交易) 과정에서 말을 세는 단위도 필(匹)이고 비단을 세는 단위도 필(匹)로 같다는 사실(말 1필 = 비단 40필)과, 실크로드 길목에는 체인점인 '존슨즈 카페'가 영업 중임도 알게 되었다.

박성기의 《걷는 자의 기쁨》

자유여행자 박성기는 "길은 지나온 삶들을 겹겹이 쌓아놓고 새로운 삶을 받아들인다."고 읊조린다. 그는 《걷는 자의 기쁨》이란 '우리길 에세이'에서, 그가 다녔을 무수한 길 중에서 35개 아름다운 길 417.4km를 걸으면서 "나는 진정한 자유인이 되었다."고 선언한다. 짧은 코스는 4km도 있지만 한국의 차마고도라 불리는 정선의 새비재 코스는 24.5km로 8시간이나 소요된다. 한번만 다녔을 길도 있겠지만 책을 읽다보면 어느 길은 계절마다 찾은 곳도 있고, 소개한 코스와는 다르지만 같은 지역을 중첩하여 걸은 길도 등장한다. 책에 소개한 코스만을 걷는 데 172시간이 소요되었다니, 시간당 평균 2.4km를 걸은 셈이어서 '주마간산'하지 않았다는 얘기다.

글을 읽다보면 저자 박성기는 '길들에 쌓인 겹겹의 삶들을 알고 느끼기 위해 무던히 애썼음'을 금방 알아차릴 수 있다. 느끼기 위해선 알아야 하고, 알기 위해선 엄청난 공부가 필요하다는 것은 당연한 이치로, 지리를 알아야 함은 여행자의 기본이겠지만, 그는 더하여 장소가 머금은 역사와 전설, 내력까지를 소상히 꿰차고 있다.

해남의 달마고도 구간 중 일부는 미황사주지가 중장비를 사용하지 않고 호미와 삽, 지게만 사용해 만들었다, 울릉도의 '내수전'은 김내수란 이의 밭에서 유래한다, 강원도 인제-고성 간의 마장터 숲길의 대간령은 "큰 새이령 또는 샛령이라고도 한다. 또한 돌이 많은 고갯길이란 뜻의 석파령이라고도 부른다. 석파령이란 이름 때문인지 마지막 올라오는 길부터 돌무더기가 가득하다", 경북 울진의 십이령 길 중 '저진터재'는 '나무가 우거져 땅이 젖어 있는 듯해서 생겨난 말 그대로, 젖은 터 재', 고창읍성은 예로부터 성 밟기가 유명하다. 한 번은 다리가 튼튼해지고, 두 번은 무병장수하고, 세 번은 극락왕생한다고 하였으니 세 바퀴를 돌아야 하는데…, 군산의 근대문화유적을 둘러보면서 채만식의 소설 〈탁류〉의 무대라거나, 포구의 상권을 장악한 객주가 째보언청이라서 째보선창이라 불리었을 수도 있다는 것들이 그 예다.

또 구 군산세관은 서울역사, 소공동의 한국은행과 더불어 서양 고전주의 3대 건축물, 인제 은비령을 넘으면서 '주변 이름 중 진을 친다는 원진개, 군량을 쌓아놓은 군량밭, 소나 말을 키우던 쇠물안골, 척후를 보던 망대암 등 전쟁과 관련된 이름이 붙은 것은 신라 마지막 왕 태자인 마의태자가 그곳에서 유민들과 재기를 도모했다는 전설 때문', 자작나무 영어 이름 버취(birch)의 어원이 '글을 쓰는 나무 껍데기'란 뜻(인제 원대리 자작나무 숲), 임꺽정이 숨어 지내던 고석바위 큰 구멍에서 나와 다시 세상을 호령하는 듯하다(철원 한탄강), 영흥도 국사봉 전망대 옆에서 척박한 땅이나 염분이 있는 곳에서 자라는 '소사나무'를 보고는 고려 왕(王)씨들이 살아남기 위해 전(全, 田)씨나 옥(玉)씨로 바꾼 것과 닮았다(옹진군 영흥도)는 등등 여행 전후 글을 쓰기위해 엄청난 노력을 투하했음을 쉬이 짐작할 수 있다.

둘째로 저자 박성기는 국어국문학과 졸업생답게 '유려하고 감성적인 글쓰기'로, 읽는 사람으로 하여금 '제대로 문학공부를 한 사람'임을 깨우치게 한다. "할머니표 신김치에 탁배기 한잔으로 강나루의 추억을 삼키고 아름다운 염하강 풍경은 끊임없이 이어진 철책에 갇혀 자꾸 탈출을 꿈꾸게 한다(김포), 개나리는 온통 주변을 노랗게 물들이고, 매화는 마당에 가득하며 큰개불알풀꽃이 지천이다. 봄의 소리가 와글와글한다(밀양 아리랑고개), 만나고 헤어짐이 자물쇠로 가둔다고 가둬지는 게 아닌데 마음이 그러하니 애틋하다(정읍사 숲길 두꺼비바위 옆에 매단 자물쇠를 보고), 투명해서 그냥 마시고 싶은 계곡물은 내 마음도 속절없이 뿌리치고 고요히 아래로 흘러만 간다(점봉산 곰배령), 뻘 속에 발을 계속 놔둘 수가 없어서 얼른 빼고 다시 한 발을 전진하고…, 힘은 빠지고 몸은 천근만근이 되어갔다(태안 바람길), 이른 새벽에 출발해 맘껏 설화를 보고, 상상의 향을 느끼고, 만지고, 먹어보고, 밟는 오감의 걷기를 했다(함백산), 강 따라 달려온 바람이 사정을 봐주지 않고 볼을 붉게 물들인다(포천 한탄강)는 등 은유와 비유에 탁월한 표현들을 동원했다.

셋째로 그의 글에서는 풍광묘사가 너무나 뛰어나다. 금강 상류인 영동 양강의 강물이 흐르는 것을 보고는 "하염없이 절벽 아래 벽을 두드리다 물결치며 아래로 흘러간다."고 읊조리고, "봄버들은 강으로 고개를 드리워 대화라도 하는 듯 바람에 흔들거린다."(영동 영산 팔경)고 묘사한다. 정선의 덕산기 계곡을 걸으면서는 "옥빛 자갈 위 얼음처럼 투명하고 맑은 물이 자그락 우르릉 소리로 속세에서 묻어온 속진을 깨끗하게 씻어준다."고 하거나, 포항 내연산 단풍을 보고는 "가을 색으로 갈아입은 단풍은 눈에 가득하고, 발에 채이고 밟히는 낙엽은 부스럭부스럭 귀를 즐겁게 한다.", 대관령 능선 길에서는 "춥다고 느끼기에는 시리도록 푸른 하늘이, 풍차를 품은 너른 언덕이, 바람에 고개를 숙이는 풀들이 아름다웠다."(대관령 눈꽃마을길), 영월 문곡천에서는 "멈췄다가도 내가 따라가면 새들은 다시 날아올라 자리를 옮기며 계속 나그네의 발을 유혹한다."(영월 서강), 함백산 기원단에서 "천지가 온통 순백의 세상이다. 내 마음을 하얗게 물들인 세상은 눈이 시리게 아름답다."(함백산), 넘실대는 물색이 햇빛에 반사되어 눈이 간지럽다(철원 한탄강), 태양은 세상에 찬란한 자취를 남기고 붉은 혀를 토해내듯 길게 바다에 해무리를 두르고는 점점 내려가기 시작한다. 낙일은 더 붉게 사방을 물들여간다(옹진군 선재도) 등 자연을 묘사하는데 있어서 의성어, 의태어뿐만 아니라 어울리지 않을 듯한 단어들도 잘도 가져다 붙였다.

저자 박성기는 트레킹 내공이 엄청남은 물론 사진과 인문학적 소양이 대단해, 《걷는 자의 기쁨》은 '재미있고 깊이 있는 여행기'가 되었다. 나도 울릉도, 안동 농암종택과 청량산, 정읍사, 신두리 해안사구, 정암사, 함백산, 고창 선운사, 청령포 등 책속에 언급된 곳을 찾기도 했으나 저자처럼 마무리할 수는 없을 것 같다.

저자는 많은 여정을 혼자 걷지는 않았을 테고 도반이 있었음도 적고 있는데, 그 도반은 무슨 재미(?)로 동행했을까 궁금하다. 시간과 일정, 코스를 전적으로 저자에게 맡긴다는 것은 동행자로선 여간한 인내 가지고는 어려울 것 같아서다.

권혁란의 《트래블 테라피》

《트래블 테라피》의 저자 권혁란 은 나이 마흔 즈음 "돌연한 재정 사고, 무너지는 인간적 신뢰들, 부 서지는 관계들, 어긋나는 말들과 표정들, 오해 속에 증폭되는 감정 들, 덜컹거리며 보폭이 맞지 않는 채 엇갈리는 사람들과의 발걸음 을 맞추고자 애쓰는 대신, 가만히 둘 수 없는 몸과 마음을 데리고 멀 고 험한 길을 들어섰다."고 밝힌 다. 그녀는 '어떻게 손 쓸 수 없는

일들이 연이어 일어날 때, 속수무책으로 견딜 수밖에 없을 때 나는 간신히 몸을 일으켜 여행을 떠났다.'고 한다.

《트래블 테라피》란 책에는 인도, 네팔 히말라야 안나푸르나, 중국 하이난 섬, 인도네시아 발리 등 4곳의 해외여행기, 세 번의 단식여행, 제주도의 한라산과 서귀포 일대, 강화섬, 지리산둘레길, 서해안 일대 등 국내여행기 6편 등 모두 10편이 수록되어 있다.

'인도요가명상여행' 편에서는 인도전통 힐링마사지인 '아유로베틱 마사지'를 체험하였는데, '마치 아기가 되어 엄마의 손길을 받고 있다는 느낌이 들어 진짜 행복했다'라고 쓰고 있으며, 따스한 물속에서의 '양수체험'도 하고, 성산(聖山) 아루나찰라를 걷기도 하였다고 한다.

'히말라야 안나푸르나 베이스캠프여행'은 해발 4,130m높이의 베이스캠프까지 오르는 과정 중심의 여행기이다. 지친 다리와 몸을 푸는 요가를 하거나, '자연에 감사하고 마음의 평온을 간구하는 주문(mantra)'를 가르쳐 달라고 부탁하여 '옴 따레 뚜 따레'로 이어지는 주문을 외우기도 하였다.

'하이난 섬 한류탐방'은 열일곱 살 딸이 동방신기, 슈퍼주니어 등 한국가수 24명의 중국하이난 섬 공연 후원사 협찬으로 진행된 여행 응모에 당첨되어 '효도여행'을 다녀온 3박4일의 여행기다. 체험학습으로 인정받고 떠난 여행에서 공연 관람뿐만 아니라 보아오, 알로에 농장방문, 중국과 한국, 일본 팬과의 만남 등도 있었는데, 딸과 함께 노래에 맞추어 신나게 춤췄음도 적고 있다. 가수들이 현지를 방문한 한국 팬들을 별도로 만나주지 않아 허무했고, '엄마는 아이돌을 쉽게 만날 수 있는 방송국PD가 안됐느냐?'는 질타도 받아 어이가 없기도 했단다.

'인도네시아 발리'여행에서는 낚시, 스노클링, 스쿠버다이빙, 래프팅 등 레포츠 활동과, 영화 〈빠삐용〉의 마지막 촬영지인 울루와뚜 사원, 발리번화가인 우붓 거리의 카페방문 등도 기술하고 있다.

'세 번의 단식여행'에서는 3년 동안 임실환경교육관, 여주 신륵사, 강화도 오마이스쿨에서의 세 차례에 걸친 단식경험을 쓰고 있다. 단식과 함께 요가, 명상, 예불, 산책, 목욕 등의 프로그램이 진행되었다. 강화도 단식여행엔 9살짜리 딸과 함께 하였다고 한다. 프로그램 중 '풍욕'은, 추운 겨울날 넓은 방의 문을 활짝 열어 제쳐 놓고 나체로 20초 있다가 1분을 담요 등으로 덮고, 다음엔 30초를 나체로 있다가 1분 동안 담요 덮기를 반복하여, 벗고 있는 시간을 120초까지 늘려가는 프로그램이다. 그러면 나중에는 추위를 못 느낄 정도가 된다고 한다!

'강화섬 타로상담'여행은 '섬길 따라 달빛아래 여신 타로와 함께 걷는 치유여행'으로, 타로점도 보고 강화도의 주문도, 아라도, 볼음도를 걷는 여행이다. 각자 적어낸 생년월일에 따라 뽑은 타로 카드를 읽어주는 것으로, 내담자의 질문에 답할 수 있는 시간적 범위는 현재를 기준으로 앞뒤로 6개월이라고 한다. 미래를 예언하는 것이 아니라 쌓여진 결과를 토대로 사건을 읽어내는 것이란다. 어떤 문제를 떠올리고 어떻게 하는 게 좋을까를 궁구할 때 자신의 마음을 읽어보는 것, 자기내면의 목소리를 들어보는 것이 타로라는 것이다.

저자 권혁란은 페미니스트 저널 〈이프〉의 편집장, 공정여행 사회적 기업 '트래블러스 맵'의 여행기획자로 활동하기도 했다. 생의 가장 어두운 시기에 천일간의 긴 여행을 마치고 제주에서 한라산과 오름을 오르며, 서귀포 법환 마을에 여행자 카페 '나비오리'를 열고 자신과 비슷한 여행을 하는 사람들의 이야기를 들으며, 그들의 인생길 찾기에 도움을 주고 있다.

책을 읽으면서 저자는 보통사람들보다 더 예민한 성격을 가진 분이라는 느낌이 들었다. "삭발도 해보고, 단식도 해보고, 요가도 해보고, 명상도 해보고 수련원에도 들어갔다."고 하였는데, 어린 아이가 있는 주부가 그런 결심을 하기까지 '심각한' 심리적 혼란을 겪었을 것이기 때문이다. 일과 가정을 양립하면서, 자아를 찾는다는 것이 쉽지 않은 것이 한국의 현실이지만, 그래도 천일간이나 여행을 떠났으니 참 대단하다! "여행을 많이 해도 남들이 말하는 것처럼 인간성이 성숙해진다거나 잃어버린 참 나 같은 것을 찾지는 못한 것 같아요. 다만 다른 공간에 몸과 마음을 가져다놓으면서 막혔던 숨구멍이 열리는 것, 그것만 해도 살 수 있을 것 같았어요."라고 한다.

저자는 스스로 워커홀릭이라고 하는데, 네팔을 여행하면서 "네팔, 인도에서의 시간은 우리나라처럼 빠르게 흐르지 않는 것 같음"을 느꼈단다. 일과 삶의 방식에서 변화를 찾아보려고 떠난 여행에서 '다름'을 체험하였으니 여행으로선 성공이다. "그곳이 어디든, 누구와 함께이든 혼자이든, 먼 곳이든 가까운 곳이든 현관 밖만 나서면 여행길이 되었다."고 고백한다.

이 책을 읽으면서 꽃과 풀에서부터 요가, 명상 등 그녀의 쉼의 방식에 대한 해박한 지식을 읽을 수 있었는데, 좋은 여행기가 되려면 다양한 분야에서의 소양이 있어야만 재미있고 읽히는 여행기를 쓸 수 있겠다는 생각이 들었다. 인문학적 지식이 여행기쓰기에 필요하다는 얘기다.

안나푸르나 베이스캠프여행에서는 이주노동자를 가이드로 채용하여 소통에 문제가 없었으나 발리에서는 영어로 도저히 소통이 안되었음을 밝히고 있다. 현지사정을 이해하기 위해서는 통역을 쓰는 것이 더 바람직하지 않을까란 생각도 해 보았다.

저자가 '서해안 마인드 힐링 여행'에서 소개하고 있는 지역 중 개심사, 해미읍성, 간월암, 서산마애불 등은 나도 다녀온 곳이어서 관심을 두고 읽었다. 개심사 심검당 문지방이 자연 그대로의 나무를 사용하고 있음을 지적하고 있는 것은 나와 같았다. 또 이곳저곳에서 '명상'얘기가 등장하는데, 명상의 방법만이 아니라 자기수용 명상, 말하고 경청해주는 귀 명상 등 명상의 목적도 다양함을 알 수 있었다.

"자신을 데리고 가서 여행지에 놓아두고 어떻게 되어가는 지 바라보는 것, 남인 듯 나를 쳐다보는 것, 그렇게 어쭙잖은 여행자의 모습으로 산과 바다와 길과 바람 속을 천일 동안 돌아다닌" 기록인《트래블 테라피》처럼, 불만족한 삶을 살아가는 우리 모두는 '치유여행'을 떠나야 하지 않을까? 저자는 '애초에 나를 치유하는 힘은 내 안에 있었다.'고 고백하고 있다.

요시모토 바나나의 《매일이, 여행》

《키친》, 《하드보일드 하드럭》, 《암리타》, 《허니문》, 《하치의 마지막 연인》, 《도마뱀》 등으로 국내에 많은 독자를 확보하고 있는 일본의 여류인기작가 요시모토 바나나(吉本ばなな)의 《인생여행을 떠나다》(人生の旅をゆく)라는 에세이집을 번역한 책이 《매일이, 여행》이란 책이다.

일본어 소개에는 "사람은 추억

人生の旅をゆく
よしもとばなな

을 곱씹으며 살아간다. 여행, 출산, 일상, 육아, 헤어짐 등에 관한 쌓인 기억을 가슴에 품고 살아간다. 애달프고 멋진 추억을 모은 에세이집"이라고 쓰여 있다.

1부에서는 이집트, 호주, 이탈리아, 남미, 몰타, 타이완, 오키나와, 토치기현 등 국내외 여행에서 보고 느낀 소감을 '여행은 아무리 혹독해도 추억만큼은 멋지게 남는 법'이란 제목아래 편집되어 있다. 그녀는 이탈리아를 아주 좋아하는 모양으로 '해마다 초여름이나 초가을이면 이탈리아에 가서 친구들과 지낸다.'고 한다. 당연히 여러 편의 이탈리아 여행에세이가 수록되어 있으며, 시칠리아, 토스카나, 팔레르모 등 여러 도시가 등장한다.

그녀는 여행지에서의 경험들을 일본과 비유하거나 그녀의 삶 속에서 어떤 의미를 갖는지를 언급하고 있다. "이집트의 메마른 공기는 일본 사람의 눅눅한 마음을 보송보송 말리기에 마침 좋다. 다소 축 늘어져 있을 때 가서 보면 개운해진다.", "여행이란 장기간에 걸치지 않는 한, 역시 돌아가야 할 일상이 있기에 성립하는 것", "사람이란 목소리와 얼굴과 말투와 모습에서 그 사람의 인생이 전부 드러나는 법", "좀 귀찮고 힘든 일이 있어도 힘을 내서 여기저기 다니다 보면, 그 여행이 아무리 가혹한 것이었어도 나중에 남는 추억은 훨씬 더 멋있어진다.", "여행은 인생을 몇 배는 풍요롭게 한다.", "타이완에서는 다른 사람이 한 번 몸에 지녔던 옥을 지니는 것은 좋지 않다는 속설이 있다. 그 사람의 나쁜 것을 빨아들였기 때문", "(돌과 같은) 말을 하지 못하는 미미한 것도 선한 마음으로 대하니 사람을 돕는 일을 할 수 있다.", "이탈리아 사람들은 실의에 젖을 때는 일본 사람에 비교가 되지 않을 만큼 깊이 젖는 듯한데, 그래도 아름다움과 맛있는 것에는 늘 마음을 열어놓고 있다. … 만사가 예정대로 굴러가지 않고, 힘들여 교섭하지 않고는 풀리지 않는 일이 많은 나라지만, 그 점이 오히려 좋았다.", "우리는 죽을 때, 돈도 집도 차도 연인도 가족도, 아무것도 가져갈 수 없다. 자신이 입고 있던 옷도 끼고 있던 반지도, 무엇하나 가져갈 수 없다. 가져갈 수 있는 것은 오직, 다 가져갈 수 없을 만큼 켜켜이 쌓인 추억뿐이다." 등등이 그런 것들이다.

2부는 '내가 아닌 생명에 살며시 기대는 그런 행위가 인생에 참맛을 선사해준다'는 제목으로 비교적 짧은 글들, 3부는 '이 세상 어떤 일도 언젠가는 사라지고 아무리 가고 싶은 곳도 언젠가는 갈 수 없어진다. 그러나 이 생애에서 추억을 한가득 모으고 싶다'는 제목을 붙여 1,2부와 비교해 긴 에세이를 수록하고 있다. 주제는 계절의 변화, 동물이나 식물 돌보기, 가족과 부모와 육아, 인간관계, 음식, 주변풍경 등 일상에서 부닥친 경험이나 느낌 등 다양하다. 딸로서, 여자로서, 아이의 엄마로서의 삶을 있는 그대로 진솔하고 담담하게 기술하고 있다.

"진정한 요리사는 가게에 나가기 전날에는 미각이 둔해지지 않도록 절대 술을 마시지 않고, 일하다 쉬는 중에도 커피처럼 맛이 강한 음료는 마시지 않는다.", "나이가 드니까 추억이 있는 것들이 점점 소중해진다.", "집도 정원도 사람이 있으면 공기가 움직여 바람이 잘 통하고 숨을 쉬게 된다.", "사람이 탈 없이 살 수 있는 건 어쩌면 아주 작은 일 덕분인지도 모른다.", "식물과의 교감은 인생을 풍요롭게 해 준다.", "간혹 외국에 나가면 안도한다. 일본처럼 무턱대고 힘내서 일하라고 강요하지 않기 때문이다.", "희망이 없는 곳에는 인생도 없다.", "자기 시간은 자기 것이다.", "사람은 사람 없이는 살 수 없으니, 사람을 접하면 기뻐야 마땅하지 않은가.", "임신과 출산, 수유를 하는 기간은 그냥 보통 상태가 아니다. 몸을 완전히 사용하기 때문에 정신상태가 거의 짐승에 가까워 냉정한 판단을 도저히 할 수 없다.", "모성이란 아름다운 게 아니라 절박하고 피비린내 나고 이기적인 것임을 나는 몸으로 알았다.", "인간의 몸과 마음은 물처럼 늘 흐르는 것이라 언제든 똑같은 상태에 있지 않다."는 문구들은 그녀만의 습관이거나 생각, 또는 내게 새로운 느낌을 주거나 그럴 수도 있겠구나 라는 생각을 갖게 하는 것들이다.

어렵게 아들을 낳고, 사람을 사랑하고, 동물이나 식물 등 다른 생명에 의지하면서 매일매일 가슴을 뜨겁게 하고 마음을 다잡아가는 요시모토 바나나의 에세이를 읽으면서, 대단하다는 느낌을 받지는 않았으나 비슷한 정서를 가진 일본인의 일상을 좀 더 알 수 있는 계기가 되었다.

후지와라 신야의 《인도방랑》

《인도방랑》의 저자 후지와라 신야(藤原 新也)는 1969년 스물다섯 살 되던 해에 인도로 떠나 서른아홉 살 때까지 인도, 티베트, 중근동, 유럽과 미국 등을 방랑했다. 그야말로 주유천하를 한 셈인데, 《인도방랑》(印度放浪)은 3년간의 인도여행기이다. 2009년 국내에 번역·출판된 책에는 1972년 출판된 《인도방랑》에 수록된 글과 후기 외에도, 여행 15년 후인 1984년 인기 여행

작가 반열에 오르게 된 후의 소감, 자문자답 인터뷰형식의 인도여행 소개, 1993년 문고판 발행 후기도 함께 수록되어 있다.

나는 여행기, 특히 해외여행기를 읽을 때에는 이해의 편의를 위해 여행기에서 언급하고 있는 지역을 지도에 표시해본다. 읽고 나서 지도를 보니 서쪽 타르사막에서 동쪽 콜카타, 최남단의 칸야쿠마리에서 파키스탄과 국경문제로 충돌이 있는 카시미르까지 인도전역을 돌아다녔다. 그런데 수도인 뉴델리에서는 여행계획을 짜고 잡동사니를 팔아치운 것 외에는 특별한 언급이 없는데 "왜 그랬을까?"란 궁금증이 들었다.

여행기의 형식과 제목도 보통의 여행기와는 좀 달랐다. 에피소드 중심인 것 같기도 하지만, 반드시 그런 것도 아니고, 소제목 역시 여행의 주제가 아니라 '소설'의 제목 같은 것도 있었다. 여행기는 1부에 9편, 2부에 8편 등 모두 17편이 수록되어 있고, 여러 장의 사진이 게재되어 있는데, 저자는 《인도 십 년》이란 사진집도 냈고 '사진상'을 수상하기 했다.

〈후지와라 신야, 그리고 인도〉라는 인도여행 소개 글에서 그는 "인도라고 해서 성인과 선인, 소박한 사람만 있는 건 아닙니다. 악인, 속인이 뒤섞여 인간박람회 같지요. 일본은 그 폭이 정규적이지만, 인도는 성과 속의 폭이 놀랄 만큼 벌어져있어요. -중략- 시시한 여행을 할 때는 시시한 사람을 사귀지요. 얽매인데 없이 좋은 여행을 할 때는 열에 여덟아홉 정도로 격이 높은 사람을 사귀게 됩니다.

나는 최고의 인간을 만나진 못했는지 몰라요. 하지만 높은 인격의 사람을 만나는 여행이 곧 좋은 여행은 아닙니다. 여행 중에 얼마나 다양하게 만났느냐가 중요하지요. 그것이 여행의 풍성함이라고 생각합니다."라고 말하면서, 현지사람들과 뒤섞여 "반년 만에 거지에게 무시당했습니다."라고 할 만큼 그들과 점점 비슷해져갔다.

    뭄바이에서 첸나이까지의 기차여행 중 주렁주렁 매달려 가는 혼잡과 무질서, 웃돈 주고 좌석잡기 쟁탈전을 벌인 일, 카시미르에서 설산에 오르고 싶어 가이드와 말, 몰이꾼, 짐꾼 계약을 체결했으나 사기를 당해 여행은 고사하고 야반도주한 일, 현지 히피가 대마를 먹고 설사를 하면서 지사효과가 있는 '비르바탈'이라는 특산 과일을 먹는 것을 반복하는 것을 목격한 일, 라자스탄 지방의 라지푸트(왕의 자손이란 뜻)란 귀족이 종족간의 전쟁 때문에 인접국에게 패배해 크샤트리아에서 서민계급인 바이샤로 전락하고 진 흙물감으로 집의 벽에 그림을 그리게 되었고 그 그림마저 사라질 것이라는 종족의 역사, 마하트마 간디가 가게 간판에 그려지고 시바신이나 크리슈나 같은 신들이 담배 가게 포

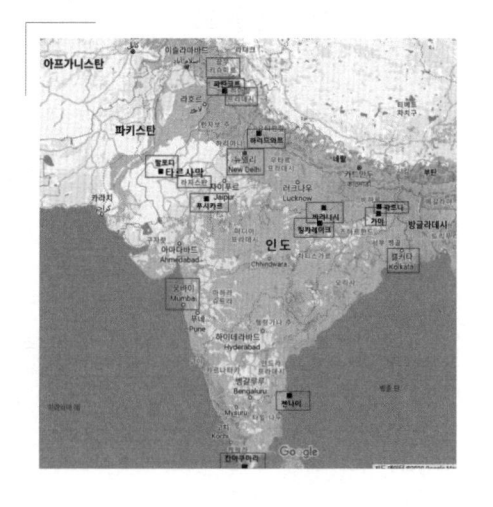

스터에 영화배우와 함께 등장하며, 타고르가 향(香) 상표에 얼굴을 내비치는 것은 인도인들의 소망, 친근감, 숭배정신을 보여주는 인도 서민문화의 한 단면이라는 해설, 모든 것을 무시하는 듯한 인도 성자의 걸망에는 놋쇠항아리, 둥근 나무대접, 곰방대, 신이 그려진 조그만 액자, 이마에 신의 문장을 새길 안료, 손거울, 천 조각과 실이며, 대부분 추남이라는 해석 등이 1부 글의 주요내용이다. 2부 꼭지 글과 비교하여 길이가 짧다.

전차, 영국 식민시대 2층 버스, 맨발의 차부가 끄는 인력거, 경적을 울리며 질주하는 트럭, 구형택시, 구형마차, 소달구지, 고철 실은 손수레가 공존하는 콜카타의 혼란상, 콜카타를 지나가는 후글리강에서 죽어서 수장된 것인지, 실수로 강에 빠진 것인지, 스스로 자살한 것인지 알 수 없는 여자시신이 떠내려가는 것을 목격 한 일, 비하르 주 파트나에서 화장의식을 목격한 일, 라자스탄 타르사막에서 버스여행 중 모래폭풍을 만나 멈춰 섰던 일, 콜카타의 철교 밑에서 나이든 부부가 사산(死産) 후 아기를 강물에 버리는 것을 목격한 일, 호수에서 오리 잡는 광경을 보기 위해 함께 나룻배를 탄 일, (우리나라 사찰의 '해우소'와 같은) 화장실인 육각형 방에 들러 '알을 낳으면 삼초쯤 후에야 바닥에서 툭 하는 소리가 메아리쳐 들려오는 새벽여명에 떠나는 기묘한 여행경험' 등이 2부에 포함되어 있다.

장례식과 관련한 인도의 풍습을 자세히 소개하고 있다. 여자는 장송에 참가하는 것이 허용되지 않는다, 화장의식을 수행할 때 가족 중 남자 한 명이 선택되어 머리를 밀고 다비의식에 참가한다, 수명을 다하지 못한 변사자나 어린아이 시신은 화장하지 않는다, 화장되는 자의 유족은 그리 애통해하지 않는다, 죽음을 애도하면서 동시에 그것을 내세로의 출발이라고 여긴다는 것 등이다.

5~60여 년 전의 인도 풍광을 담고 있어 급속도로 발전하는 오늘의 인도와는 많은 차이가 있을 것이다. 그러나 그들의 정신은 쉽사리 바뀌지 않을 것이란 생각에서 몇 가지 문장들을 뽑아 보았다.

"인도라는 땅은 사람의 거짓말을 곧바로 폭로해 보인다. 자신의 몸을 좌우 반반으로 나누어 한쪽은 고귀하고, 한쪽은 어리석다는 식으로 불가능에 가까운 결벽을 내 보이려는 사람들이 사는 땅이다.", "인도에서 예술은 특별한 것이 아니라 민족체험의 표현이며 생활의 목적에 닿는 것, 요컨대 일상의 빵 같은 것이다.", "누리는 행복은 그들이 짊어져야 할 행복의 양보다 많은 것처럼 보인다.", "인도인을 보면서 든 생각인데, 어리석음에 의해 지탱되는 인간이 더 강인하고 더 오래 사는 게 아닐까 싶다", "인도에는 인간이 자신의 몸을 적당히 놓아둘 만한 중용의 장이 없다", "광대한 도시를 어떻게 종이 한 장에다 옮겨 놓을 수 있느냐라고 지도를 처음 본 것은 물론 지도의 개념조차 이해하지 못하는 인도인"

또 "말과 소와 개와 돼지와 염소와 고양이와 흙에서 억지로 태어난 듯한 동물들이 사람과 똑같은 얼굴을 하고 걸어 다녔다", "지방의 열차 플랫폼에는 소나 돼지가 어슬렁거리고, 개도 쪼르르 기차에 올라타 남은 음식을 훔쳐 달아나고, 창 너머로 소가 머리를 들이 민다", "기차여행을 할 때 딱딱한 나무의자라도 확보하려면 여간 뻔뻔해서는 안 된다. 인도의 기차는 서지 않아도 될 곳에 무턱대고 서는 버릇이 있다. 무임승차가 나쁘다는 개념 자체가 없을 뿐만 아니라 표를 가진 승객과 자주 자리다툼을 벌이곤 한다."는 등의 광경은 요즘 TV나 영화에서도 볼 수 있다.

그리고 "인도 하층 서민의 집에는 변소가 없다", 물고기를 먹을 줄 몰라 호수는 물고기 천지, 주인 없는 개들 중 물고기를 먹는 개가 통통하게 살이 올라 있다는 등의 표현도 등장하는데, 여행기가 쓰여진 당시와 오늘날 어느 정도 바뀌었을까 궁금하다.

저자 후지와라는 1960년대 말 물질적 풍요를 얻기 위해 열심히 일하던 일본의 고도경제성장기에 대학을 그만두고 인도로 갔다. 관리와 시스템 속에서 인간적인 숨결이 은멸(隱滅)되던 시기였다. 자신은 인도의 황무지에 놓인 플라스틱 장난감 같은 생뚱맞은 느낌, 꼴 같잖음, 어이없음과 같은 느낌이었으며, 그런 느낌을 견디면서 여행을 떠났다고 밝힌다.

그는 "내게는 여행하면서 지도상에 이상하게 생긴 곳을 발견하면 무턱대고 그곳에 가고 싶어지는 기묘한 버릇이 있었다."고 하는데, 그는 한 곳에서 몇 달을 보내기도 하고 소가 우물에서 (연자방아 돌리 듯) 소가죽 자루로 물을 긷는 것, 호숫가에서 운동하는 사람의 행동이나 운동회수까지 세면서 몇 시간씩이나 지켜보는 등 '보통'의 여행자와는 달리 현지인의 풍습이나 문화에 접근하려고 부단히 노력하였다.

인도의 화장풍습은 다양한 미디어에서 소개하고 있는데, 이 책에도 두 글에서 상세히 소개되고 있다. 또 과거와 현대가 공존하는 대도시의 혼란스러움 역시 곳곳에서 언급되고 있다. 저자 후지와라는 "온갖 모순에 순응하는 몸이야말로 이 땅에서 요구되는 것"이라면서 인도를 걸으면서 많은 것, 숱한 삶을 관찰하였고, "여행은 무언의 바이블"이었음을 밝힌다. '순응하는 것과 저항하는 것은 어떻게 다를까? 다른 길을 찾는 것은 순응일까, 저항일까?'

고미숙의 《열하일기, 웃음과 역설의 유쾌한 시공간》

연암 박지원(燕巖 朴趾源, 1737-1805)은 1780년(정조4년) 청나라 건륭(乾隆)황제의 70세 생신을 축하하기 위한 조선의 외교사절단의 일원으로 중국을 방문, 직접 목격한 청나라의 실상을 기록한 체험감상기인《열하일기(熱河日記)》를 남겼다. 사절단장인 정사(正使) 박명원(朴明源, 1725-1790)은 정조의 고모부로, 사절단의 정사, 부사, 서장관은 친인척 중 수행원을 1명씩 대동할 수 있었는데, 연암은 바로

박명원의 8촌 동생이어서 운 좋게 수행원에 포함될 수 있었다.

음력 5월 말 한양을 출발, 압록강을 건넌 뒤 요동벌판을 거쳐, 8월 초 북경에 도착했으나 건륭황제가 북경에서 동북쪽으로 약 230km 떨어진 하북성(河北省) 열하(熱河)에 행차, 피서산장(避暑山莊)에 체류하는 바람에 그곳까지 갔다가, 다시 북경으로 돌아와 약 한 달 동안 머문 뒤 그해 10월 말에 귀국했다. 열하라는 지명은 주변에 온천이 많아 겨울에도 강물이 얼지 않는 데에서 유래했다.

고미숙의 《열하일기, 웃음과 역설의 유쾌한 시공간》은 연암의 여행체험감상기인 《열하일기》를 번역한 책이 아니라, 저자 나름대로 주제를 정해 원문뿐 아니라 다른 참고서적과 그녀의 두 번에 걸친 답사여행, 그리고 연구결과들을 종합한 '열하일기평전' 쯤으로 보면 될 것이다. 따라서 저자가 원전인 《열하일기》를 얼마나 충실히 다루었는지, 또 빠진 부분은 없는지는 독자가 알 수 없다. 그런 측면에서 번역본을 읽어봐야겠다는 생각이 들기도 한다.

박지원은 반남 박씨 명문거족 출신으로 좋은 가문에 장가도 들었지만, 세상이 못마땅해 일찍부터 우울증을 앓았다. 책에도 언급되고 있지만 과거(科擧)에 완전히 뜻을 접고 자유인이 되기로 작심하고 과거시험을 보지 않거나 보더라도 답안지를 제출하지 않거나 엉뚱한 내용을 적어 제출하기도 하였는데, 저자는 연암을 돈키호테기질이 다분한 괴짜였으며, 전국을 유람하는 '짐시'였고, '호모 루덴스(Homo Rudens, 놀이하는 인간)'라고 평한다.

그의 실력을 아는 모든 이들은 과거 급제를 당연시하여 시험을 보도록 부추겼지만, 과거시험 답안지가 시 형식을 띠고 있는데, 시는 형식적 구속 때문에 가슴속 말을 자유롭게 쏟아 낼 수 없음을 못마땅하게 여겼음은 물론, 당시 당파싸움으로 지새우던 관직에 미련을 두지 않고, 이 핑계 저 핑계로 과거를 회피하며, 후손들에게도 과거를 보지 말도록 하면서, 신분이나 문무, 나이를 가리지 않고 친구를 사귀면서 소일하였다. 홍대용, 정철조, 이서구, 이덕무, 박제가, 유득공 등이 바로 그들인데, "아내는 잃어도 다시 구할 수 있지만 친구는 한 번 잃으면 결코 다시 구할 수 없는 법, 그것은 존재의 기반이 송두리째 무너지는 절대적인 비극인 까닭"이라면서, 오륜(부자유친, 군신유의, 부부유별, 장유유서, 붕우유신) 중 붕우유신(朋友有信)이 나머지 사륜을 통괄하는 것이라 강조하고 있다.

저자는 "열하일기에 가장 자주 등장하는 먹거리는 단연 '술'로, 술로 여행을 축원하는 것이야 말로 가장 잘 어울리는 제의"라든가, "연암은 보이지 않는 것을 보려하고, 숨겨져 있는 것들을 보려 야음을 틈타 대열에서 일탈한다."고 지적한다. 또 저자는 열하일기에서 가장 많이 인용되는 부분은 "시간도 때우고 술값도 벌자는 심산에서 투전판에 끼려고 할 때 투전솜씨가 서투니 판에 끼지 말고 술만 마시라는 왕따를 당했다는 도강록(渡江錄)"이라면서, 전날 왕따를 당했던 연암이 다음 날 자리에 끼어 연거푸 다섯 번을 이겨 백여 닢을 따 술을 실컷 마셨다고 소개한다. 연암은 잃은 사람이 다시 한판 하자고 요청하면 "뜻을 얻은 곳에는 두 번 가지 않는 법, 만족함을 알면 위태롭지 않다네!"하면서 발을 뺐다고 한다. 저자 역시 피서산장의 온천 "열하에 손을 씻으면 도박에서 큰돈을 딴다는 전설이 있어 정성껏 손을 씻었다"라고 적고 있는데, 저자 일행들이 도박을 했는지는 밝히지 않고 있다!!!

저자는 《열하일기》에서 돈 보다 더 유용한 교환가치를 지닌 물건으로 '청심환'을 들고 있고, 가장 큰 해프닝은 건륭제가 조선사절단에게 티베트의 2인자 판첸라마를 접견하도록 은혜를 베풀었는데 유학자가 불교, 그중에서도 사교인 티베트 불교지도자를 만나는 것이라 거부하자 명령으로 접견한 대소동을 든다. 또 가장 자주 출현하는 낱말은 '포복절도'로 사절단원들과의 일상뿐만 아니라 청나라 인사들과의 필담에서도 웃음이 끊이지 않아 허리가 시었다는 일화들을 소개하고 있다.

저자는 "천하의 인사들은 돈이 있다하여 꼭 기뻐할 일도 아니요, 없다고 하여 슬퍼할 일도 아니다. 오히려 아무런 까닭 없이 갑자기 돈이 굴러들어올 때는 천둥처럼 두려워하고 귀신처럼 무서워하며, 풀 섶에서 뱀을 만난 듯 오싹하며 뒤로 물러서야 할 터이다."라고 부와 관련된 메시지를 전하고 있다고 하는데, 이는 열하일기 어느 편에서 한 얘기일까?

연암은 수많은 사람들이 요술을 구경하는 장면을 보고 누군가 "요술하는 재주를 팔아서 살아가는 사람들은 나라의 법 밖에서 활동하는 사람들인데도 처벌하여 멸절시키지 않음이 무슨 까닭이냐?"라고 묻자, 그는 "땅덩어리가 넓어 모든 것을 포용할 수 있어 나라를 다스리는데 병폐가 되지 않는다. 절박한 문제로 여기고 법률로 잘잘못을 따져 막다른 길로 몰아세우면 도리어 궁벽하고 눈에 띄지 않는 곳으로 숨어 때때로 출몰하여 재주를 팔고 현혹하여 장차 천하의 큰 우환이 될 것이다. 날마다 요술을 하나의 놀이로서 보게 하니 부인이나 어린애조차 속이는 요술이란 것을 안다. 이것이 세상을 통치하는 기술이다."(도강록 중 關帝廟記)라고 답한다. 나는 이 설명이 "왜 백해무익한 도박을 금지하지 않고 허가를 하면서 까지 하도록 놔두느냐?"는 질문에 대한 답이 될 수도 있겠다는 생각이 들었다.

《열하일기》 앞부분에 중국인을 '되놈'이라고 부르는 것과 관련된 에피소드가 소개되는데, 저녁에 술을 마시고, 밤늦게 취해 돌아와 누웠는데, 발자국 소리가 나 "거 누구냐?" 하고 소리 지르니, "도이노음이오(擣伊鹵音爾厶)" 하고 대답한다. 다시 "이놈 누구야?" 하고 거듭 소리치니 "소인 도이노음이오." 하고 큰 소리로 대답한다. 알고 보니 사절단을 호위하는 갑군(甲軍)인데, 밤마다 숙소를 순찰하며 사신 이하 모든 사람의 수를 확인한다고 한다. 갑군이 사신을 모시면서 우리나라 사람들에게 말을 배웠는데, 제대로 배우지 못한데서 오는 헤프닝이었던 것이다. 오랑캐를 '되놈'이라 하는데, 이는 '도이(島夷)'가 변한 말이요, '노음(=놈)'은 낮고 천한 이를 가리키는 말이요, '이오'란 존댓말이다. 반대의 케이스, 즉 우리가 청나라로부터 배운 말 중에는 고려 사람들은 목욕을 하지 않아 발에서 나쁜 땀 냄새가 난다는 '고린내', 물건을 잃었을 때 동이(東夷, 동쪽의 오랑캐)가 훔쳐갔다는 의미에서 '아무 게가 뚱이야'라는 단어를 들고 있다.

"스승이면서 친구가 될 수 없다면 진정한 스승이 아니다. 친구이면서 스승이 될 수 없다면 그 또한 진정한 친구가 아니다"라는 명나라말기 양명좌파의 이탁오가 했다는 말처럼, 우리사회가 진정한 스승과 친구가 활동할 수 있기를 기대해본다.

1636년 병자호란에서 패배하여 삼전도(三田渡)에서 항복한 후 소현세자(인조의 장남)·빈궁(嬪

〈심양아동도서관과 봉천 공소터 표식〉

宮)·봉림대군(인조의 차남, 효종) 등 인질과 척화의 주모자 홍익한·윤집(尹集)·오달제(吳達濟) 등 삼학사, 수 만(많게는 50만)에 이르는 전쟁포로들이 강제로 끌려가 어렵고 서러운 포로생활을 한 지역이 심양인데, 2009년 방문했을 때 왕족이 기거하였던 심양관을 방문했던 바, 그 심양관 터에는 일본의 만주철도주식회사 봉천공소가 들어섰으며, 방문당시에는 심양아동도서관으로 활용되고 있었다.

강인욱의 《고고학 여행》

단편적인 에피소드 중심으로 기술되어 있어 전체적인 맥락을 집어내기는 어려우나 고고학자는 "어떠한 주장이든 유물에 기반을 두고, 새로운 발견 앞에 최대한 상상력을 억제하고 논리적으로 생각해야 한다."면서, "고고학에서는 하나의 유물을 하나의 관점으로만 보지 않는다. 새로운 유물은 계속 발견되고 그에 대한 해석 역시 계속 바뀐다. 고고학에는 정답이 없다."고 한다.

저자는 "고고학자들에게 실수는 피할 수 없는 숙명이다. 땅속을 제대로 알기도 어렵고, 피치 못할 시행착오는 일상다반사다."라면서, 실수의 사례로 1971년 무령왕릉 출토품을 청와대로 가져가 박물관장이 청와대에서 브리핑하였는데 당시 대통령이 팔찌를 만져 구부러진 것, 하인리히 슐리만이 트로이에서 발굴한 출토품을 아내에게 씌워준 것을 들고 있다.

책에는 한국의 유적발굴과 관련되는 내용을 다수 소개하고 있다. 한국의 무덤은 물이 잘 빠지는 곳이어서 인골이 산화가 잘 되는데 반해, 시베리아 무덤에서는 거의 예외 없이 인골이 발견된다, 한국 삼국시대 유물에도 복어 뼈가 발견되며, 4세기경 경주, 울산, 포항에서 상어 뼈도 발견되고 있는데, 대구, 안동까지 상어(돔배기)문화권이 확산되었다, 춘천 중도에는 수백 개의 고인돌이 있는 청동기시대의 중심도시로 수 십 년에 걸쳐 발굴해야 할 것을 5년 만에 종료하였는데, 비파형 동검이 무덤이 아닌 집에서 발견된 것이 특이하다 는 것 등이다.

단군신화의 마늘과 쑥 얘기처럼 곰 신화가 있는데, 핀란드에서 캄차카까지 겨울이 긴 지역 부족들에게 곰과 관련된 신화가 있다. 침술 역시 겨울이 긴 추운 기후를 견디는 과정에서 발생하는 종기와 같은 풍토병을 치료하기 위해 시작되었다고 한다.

가장 관심을 끈 부분은 일제강점기 유적발굴부분이다. 일본의 한국 내 유적발굴과 관련, 저자는 "을사늑약이 체결된 1905년 이후 한반도는 일본 고고학자들의 경쟁지가 되었으며", 일본은 평양의 낙랑과 경남일대의 가야고분을 조사해 한국 북부는 중국식민지, 남부는 일본 식민지였음을 증명하고자 발굴하여 식민지 경영의 역사적 합리화를 시도하였다는 것이다.

또 '기마민족설'로 유명한 에가미 나부오(江上波夫)는 5세기경 북방 기마민족이 한국에서 일본으로 건너간 도래인들을 무찌르고 새롭게 야마토를 건설하였는데, 지금의 일본인은 북방유목민족의 후예이며, 야마토는 강력한 군사력을 바탕으로 한반도로 건너와 김해일대를 정복하고 '임나일본부'를 건립하였다고 주장한다. 즉 일본인들이 한국이나 중국, 일본 원주민보다 우월하며, 북방 시베리아는 일본이 다시 찾아야 할 고향이라는 주장으로, 일본학자들은 식민지를 넓히고 제국주의를 뒷받침하고자 했다는 것이다.

당시 발굴 에피소드 중 하나는 일본이 스웨덴의 구스타프 왕자를 서봉총 발굴에 참여시켰는데, '서봉총'이란 명칭의 서(瑞)는 스웨덴의 일본어표기 서전(瑞典)에서, 봉(鳳)은 왕을 상징하는 봉황(鳳凰)에서 따왔다고 한다. 당시 발굴담당자 고이즈미 아키오는 평양박물관장으로 전보된 후 파티를 벌이면서 서봉총 금관과 황금장식을 평양최고 기생 차릉파에게 씌워주는 몹쓸 짓까지 했음을 기술하고 있다. 반면 저자는 주한 미군이었던 맥코드의 가평리 유적 발굴, 그렉 보웬의 전곡리 구석기 유적 발견이 한국고고학 발달에 기여하였다고 평가한다.

우리의 많은 문화재가 국외로 반출되었고 한일협정(1965년) 후 일부가 반환(협정문에는 '인도'로 표기, 총 4,479점 중 1,431점 환

수. 대동강유역 낙랑출토품 제외)되었으나 아직도 상당수가 일본에 소재하고 있으며, 병인양요(1866) 당시 프랑스에 약탈당했던 외규장각 의궤도 저서에 언급하고 있다. 저자는 전쟁으로 다른 나라를 침략해도 문화재를 불법으로 없애거나 약탈 할 수 없다는 내용의 헤이그 문화재보호조약(1954년, 〈무력충돌 시 문화재 보호를 위한 협약〉)이 역설적으로 실제로는 약탈한 문화재를 돌려주지 않아도 되는 근거가 되었다고 한다.

KTX 수주를 위해 프랑스는 파리국립도서관에 소장되어 있던 외규장각 의궤1권을 1993년에 상징적으로 반환하였다. 이후 사서, 학예연구원 475명이 제3세계 국가(한국)가 문화재를 제대로 관리하지 못함으로 반환 불가하다하여 반환하지 않고 있다가, 2010년 G20 회의에서 양국은 5년간 대여 후 기한연장방식으로 합의하여 오늘에 이르고 있다. 그런데 2019년 4월 노트르담 성당이 화재로 불타 자칭 문화재관리 선진국 프랑스의 주장은 무색하게 되었다고 지적한다. 하인리히 슐리만이 발굴하였던 트로이 유물이 사라졌는데, 전시에 소련이 빼돌려 러시아 푸시킨박물관에 소장되어 있음이 밝혀졌으나, 반환주장을 하지 않고 있다고 한다.

2019년 7월 하순 시베리아 바이칼 호수를 여행하였는데, 《고고학 여행》을 그 전에 읽었다면 더 알찬 여행이 되었을 것이란 생각이 들 정도로 그곳 유적과 문화에 관한 내용이 포함되어 있다. ① 시베리아에서 통나무관을 쓰는 이유는 하늘로 자라는 나무처럼 죽은 사람 역시 하늘로 올라가기를 바라는 마음에서이고, 나무에 관을 매다는 것은 나무의 열매처럼 다시 부활하기를 바라는 마음에서다. 나무는 하늘과 사람을 이어주는 역할을 한다, ② 관이나 청동기에서 사람이 헤엄치는 듯한 모습은 샤먼이 하늘과 접신하는 장면이며, 유체이탈하여 날아가는 상황을 표현한다. 영혼을 피어오르는 나비로 표현하고 있는데, 천마총의 안장도 같은 것이다. ③ 자작나무 껍질은 기름종이처럼 불이 잘 붙는다. 인간의 역사에서 불은 언제나 숭배의 대상이고, 타고 남은 재는 부활의 상징이다, ④ 시베리아 샤먼은 하늘에 이르는 방법으로 음악을 사용한다.(고조선의 공무도하가는 공무라는 하프를 타면서 부른 노래), ⑤ 양을 삶은 솥을 옆에 두고 나무에 천 조각을 달아 신의 강림을 축원한다 것 등이다.

그 외 술과 관련 되는 내용이 있는데, 고고학자의 필수품에 맥주가 포함되어 있고 저자도 발굴 후 저녁에 마시는 맥주가 유별하게 맛있

〈탈치민속박물관 경내의 원주민 나무 무덤 모형〉

다고 술회한다. 술은 신이 허락한 음료이며, 사람들의 유대를 돈독히 해주는 보조자라고 한다. '와인에 취하면 마음속 진실을 말한다.'는 라틴어 속담도 있다. 술을 빚은 증거는 9000년 전

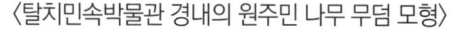

으로, 중국 황하유역의 양사오문화에는 맥주, 조지아에는 와인, 요르단에도 1만3천 년 전 맥주유적이 발견되었다는 것들을 기술하고 있다.

16세기 유희춘의 《미암선생집》에는 입춘에 벌거벗고 밭을 가는 풍습이 기록되어 있는데, 일종의 성행위가 연상되며, 막걸리는 정액이 연상된다고 한다. 이런 조선의 풍속은 다산과 풍요를 의미하는 것이란다. 술은 천국의 우유로 목축의 시작과 함께 양 젖, 말 젖을 이용해 술을 만들었는데, 유라시아의 쿠미스가 바로 그것으로 자작나무 막대로 저어서 마신다. 자작나무의 하얀색은 모든 것을 정화한다는 것을 의미한다. 쿠미스는 어머니의 젖과 생명의 원천인 정액을 상징하며, 페르시아의 하오마, 인더스의 소마와 같은 술은 접신을 위한 수단으로 이용되고, 환각성분이 있는 매직 머쉬룸을 태워 제의를 진행한다.

저자는 러시아 시베리아 고고민족학연구소에서 공부하여 그 지역의 문화재를 답사하거나 발굴에 참여하였으며, 다른 지역 현장발굴과 답사에도 많이 참여하여 글 속에는 현장감이 묻어 있다. 책 속에는 고고학자로서의 소명의식과 성실성이 드러나고 있다.

문요한의 《여행하는 인간》

정신과의사인 문요한은 20여 년 동안 개업의로 활동하다가 2014년 스스로 1년간의 안식년을 선포하고 폐업 후 가족들과 함께 유럽여행을 떠난다. 유럽에서 돌아온 다음에 혼자서 남미와 네팔을 더 여행한 뒤에 쓴 책이 《여행하는 인간》(Homo Viator)이다.

일반적으로 여행자들은 스트레스 해소와 휴식, 쾌락추구, 현실도피, 내면상처의 치유, 도전과 모험 등 여러 가지 이유로 여행을 떠나며, 때로는 일하는 것 보다 더 빡빡한 일정으로 강행군하는 '노동으로서의 여행'을 감행하는 경우도 있다. '휴가'라는 명목으로 떠나는 보통사람들의 '여행'의 대부분이 실은 그런 노동보다 더한 여행이다. 저자는 여행을 ①1단계-둘러보는 여행, ②2단계-관찰하는 여행, ③3단계-체험하는 여행, ④4단계-각성하는 여행, ⑤5단계-체득하는 여행, ⑥6단계-삶으로의 여행으로 '여행의 등급'을 나누고 있다. 책을 읽고 나면 그는 6단계를 지향하고 있음을 알게 된다.

《여행하는 인간》은 여행했던 특정지역에 대한 '여행기'라기보다는 여행이 여행자에게 어떤 영향을 미치는지에 따라 '새로움, 휴식, 자유, 취향, 치유, 도전, 연결, 행복, 유연함, 각성, 노스탤지어, 전환'이라는 열두 개의 주제에 맞추어 사례를 들어 설명하고 있다. 그에게 시간과 돈을 써가면서 하는 여행은 기쁨을 주고, 삶에 탄력을 주는 치유와 재충전의 시간이다. 또 정신과의사답게 책 속에 여행자들의 '심리'나 '의학지식'도 곳곳에서 녹여내고 있다.

'고독(solitude)이 스스로 관계에서 물러나 자신을 벗 삼고 있는 시간이라면, 외로움(loneliness)은 다른 사람과 단절되고 자신과 의지되지 않는 공허의 시간으로, 여행은 자신과 함께하는 고독의 시간', '폐쇄된 곳이나 좁은 공간에 장기간 체류할 때 생기는 불안, 짜증, 멍함, 무기력 등 정서불안인 캐빈 피버(cabin fever)', '1817년 스탕달이 르네상스 대가들의 작품이 많은 피렌체 산타크로체 교회를 방문하고 떠날 때 심장이 빨리 뛰고 몸에서 생기가 다 빠져

나가버린 것 같은 느낌처럼 미술관에서 갑작스럽게 정신적인 불안정감이나 신체적 이상증세를 보이는 스탕달신드롬(Stendhal syndrome)'(반대로 아무 감흥도 느끼지 못하는 마크 트웨인장애-Mark Twain Disorder), '자신 또는 자신이 살고 있는 곳만이 세계의 중심이라는 자기중심적 세계관을 옴팔로스(omphalos-그리스어로 배꼽)증후군' 등이 그런 내용이다. 새로움의 연속인 여행과정에서 즐거움을 느끼며, 이 때 '즐거움의 신경호르몬인 도파민'이 분비된다고 한다.

물론 아르헨티나 부에노스아이레스, 남태평양 칠레의 이스터섬, 프랑스 오베르마을, 네팔 안나푸르나(따또 빠니, 틸리초 호수, 쉬르카르카), 페루 산타크루즈트레킹, 볼리비아 유우니 사막 등 여행지에서의 소감들이 글 속에 들어가 있으나, 여행기처럼 길지 않으며, 12개의 주제에 맞추어 기술하고 있다.

예술가에게는 현실의 모든 것을 알거나 구체화할 필요 없이 '있는 그대로 받아들이는 능력'(negative capability)이 필요하다는 영국 시인 존 키츠의 주장을 인용하면서, 여행에서도 확실성을 추구할 것이 아니라 불확실성을 받아들이고 헤쳐 나가야 보다 즐거울 수 있다고 한다. 실수하고 헤매면서 배우는 것이 중요한 자산이 된다며, 프랑스 작가 테오필 고타에의 《에스파냐》의 구절을 인용하고 있다.

여행의 즐거움은 장애물과 피로감에 있다. 심지어 여행 중에 겪는 위험도 여행의 즐거움을 더해 주는 것이다. 현대인의 삶에서 가장 큰 불행 중의 하나는 뜻밖의 사건이나 모험거리가 없다는 것이다.

모든 것이 너무나도 잘 정돈되어 있으니까.

저자는 "삶은 여행보다 훨씬 더 불확실하다. 불확실성 속에서 경험을 통해 배우고, 시행착오를 통해 방향을 찾으며, 다른 사람과 협력하며 어려움을 해결해 나갈 수 있게 설계돼 있다."고 하면서, "자기만의 길을 만들어가야 한다."고 설파한다. "여행은 소설가 마르셀 프루스트가 말했던 것처럼 새로운 눈을 갖게 되며, 그 눈을 통해 보지 못했던 것을 보고 인생의 숨겨진 비밀을 깨달을 수 있다."고 한다. 그는 "여행은 삶의 베이스캠프"라고 하면서, 일탈의 시간인 여행을 가질 것을 강조한다. '일상을 여행처럼, 여행을 일상처럼' 삶을 전환시키고, 무엇이 되는 것과 상관없이 자신이 가는 모든 길을 사랑하는 애로주의자(愛路主義者)로 살아가기로 했단다.

저자가 다시 '개업의'로 돌아갔는지가 궁금하여 인터넷을 뒤졌더니, 그는 병원을 개원하지 않고 '정신경영아카데미'를 열어 강연과 저술활동으로 방향을 바꾸었다. 과연 나를 포함한 많은 사람들, 특히 평생 직업일 수 있는 '사'(의사, 변호사, 변리사, 회계사 등)가 아닌 사람들이 중년의 나이에 그처럼 생업을 떠나 장기간 여행하고, '같은 길은 아니지만 비슷한 길을 개척할 수 있을까?'라는 의문을 품게 된다.

홈페이지에는 최근에 출판한 《살아갈 힘을 주는 나만의 휴식 - 오티움》이란 저서가 소개되고 있다. 그는 "삶은 크게 일, 관계, 여가의 영역으로 나눌 수 있습니다. 이 세 가지 영역 중 어디에서 우리는 행복한 경험을 많이 할 수 있을까요? 일은 보상이나 결과가 중요하

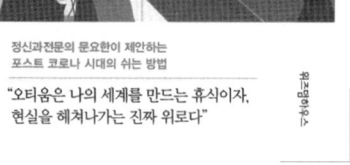

고 책임이나 의무로 하기 쉽기에 좋은 경험을 누리기 쉽지 않습니다. 관계는 어떨까요? 관계는 행복의 중요한 요소이지만 나만 노력한다고 해서 잘 되는 것은 아닙니다. 사실 우리가 가장 행복을 경험할 수 있는 영역은 '여가'입니다."라면서, "좋은 경험이란 '보상이나 결과와 상관없이 그 행위 자체가 기쁨을 주는 경험'을 말합니다. 이렇게 '내 영혼을 기쁘게 하는 활동'을 라틴어로 '오티움ótǐum'이라고 합니다."라고 기술되어 있다.

오티움을 만나면 나타나는 변화로, ①외부로 향했던 주의가 내부로 향한다, ②순수한 몰입의 즐거움을 느끼게 된다, ③일상에 활기가 생겨난다, ④나만의 색깔과 향기를 갖게 된다, ⑤자신의 관심사로 인해 자기 세계와 인간관계가 확장된다, ⑥일과 여가 사이 균형이 이루어진다, ⑦나를 위로하고 인생에 버틸 힘이 생긴다, ⑧지금 이 순간에 행복할 수 있다 는 것 등을 들고 있다.

미국·일본의 여행수필집 속 여행

대학의 평생교육원에 개설된 '여행작가반' 수업시간 중에 여행기 쓰는 방법과 요령, 문장쓰기 연습, 실제 여행하고 글쓰기 등 체험도 해보았다. 쓴 글을 수강생들 앞에서 발표하고 지도교수로부터 구성, 표현 등에 대해 첨삭과 지도를 받기도 한다. 하루아침에 명문이나 감동적인 글이 탄생하기란 불가능하다. 결국은 쓰고 고치고 다시 쓰는 노력을 거쳐야 한다는 것이 결론이다.

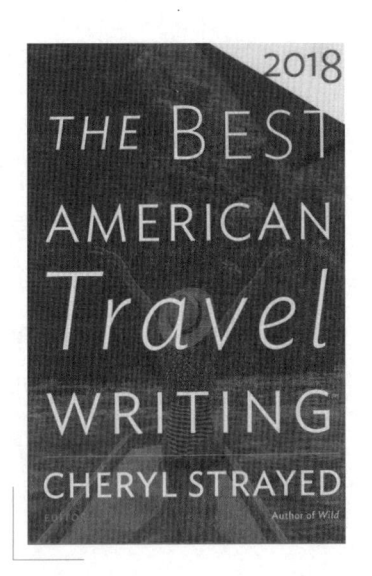

욕심을 좀 내 영어권이나 일본에는 어떤 여행기들이 있나 검색하여 몇 권을 사서 읽어 보았다. 영어든 일어든 '문맥의 이해'에 초점을 맞추다 보니 글의 '감동'을 느끼기에는 외국어란 한계를 뛰어넘지 못했다. 그만큼 외국어 실력이 부족하다는 의미이기도 하지만 사회 문화적인 차이가 커 현상의 이해에도 힘이 부쳤다.

《THE BEST AMERICAN Travel WRITING》 2018년도 판에는 모두 24편의 여행기가 수록되어 있는데, 미국에 살고 있는 한국교민과 필리핀이주민이 쓴 2편을 읽었다.

한국교민 제니퍼 최의 〈엄마와 나는 서로를 알기 위해 세계의 중간지점으로 갔다〉는 글의 요지는 다음과 같다.

어린 자매와 미국으로 건너간 아버지는 사업을 하다가 직원과 사랑에 빠진다. 남편과의 키스나 손잡기를 보여 준 적 없이 억척아줌마로 살아온 엄마는 실성하여 식음을 전폐한다. 이혼 후 경치 좋은 해변으로 이사한다. 미국 올 때와, 적은 딸이 유학하는 마드리드 여행이 해외여행의 전부였던 엄마는 세계 방방곡곡을 여행하면서 뉴욕에 사는 큰 딸에게 엽서로 현지 소식을 전한다. 죽거든 브라질 리오의 예수상이 세워진 코르코바도에 뿌려달란다. 엄마는 방문지의 산꼭대기나 절벽, 얼어붙은 호수, 당나귀를 타는 등, 먼 곳에서 우리들 이름을 부른다. 뭔가 소리쳐 부를 뿐이란다. 진정한 변화는 순간적으로 마법처럼 찾아오는 것이 아니라 열성적인 노력이라는 오랜 과정을 거쳐 일어난다.

대충 이런 줄거리인데, 사랑 없는 결혼(affectionless marriage)을 한 후 미국 LA로 이주한 엄마가 이혼 후 겪는 좌절감과, 아이들 때문에 살아가는 한국 아줌마들의 삶을 그리고 있는데, 딸이 엄마 여행지인 코스타리카를 찾아 4일을 함께 하면서 엄마의 지나온 삶을 회상하는 얘기다.

또 한편은 샌프란시스코에서 살면서 고국 필리핀을 방문한 20대가 쓴 〈필리핀에서의 옳고 그름을 알아보려〉라는 글이다.

필리핀 민다나오의 지체 있는 집안 태생 항공승무원인 엄마는 프랑스거주 레바논 기업가를 만나 미국에서 결혼식을 올리고 나를 낳는다. 본 부인이 있어 함께 살지는 못하며 1년에 한번정도 만날 뿐이다. 여러 친척들이 거주하는 미국으로 이주하여 어린 시절을 보낸다. 많은 필리핀 사람들과 미국거주 친척들도 대통령 두테르테의 부패청산을 지지하는데, 자신은 미국기준으로 독재적 통치를 하여 반대한다. 엄마와 함께 필리핀을 방문, 외할머니의 농토가 있는 민다나오, 마르코스의 고향을 방문한다. 민다나오는 공산반군, 이슬람분리주의자가 활개를 쳐 치안부재로 방문이 쉽지 않으나 농장에서 일하던 사람의 아들인 소꿉친구의 호위를 받아 방문하며, 그의 형이 죽고 형을 죽인 사람도 사살되었음을 알게 된다. 친구는 외할머니가 약속했던 학업을 계속하여 외국에서 일하기를 희망한다. 마르코스 고향에는 민중혁명으로 축출된 그의 유해가 영웅묘지로 이장되었고 그의 아들은 두테르테 이후 차기대권 유력자로, 딸은 주지사로 건재한다. 민다나오 태생 첫 대통령인 두테르테는 민주적 원칙을 무시하고 부패와 무질서를 척결하여 민중들의 지지를 받고 있다. 정당하기 때문이 아니라 과거의 질서를 바꾸려하기 때문이다. 사람들은 부패를 숨기고, 독재를 정당화하며, 언론을 침묵하게 하는 제도를 불신하고 있다. 필리핀의 정치는 옳고 그름의 문제가 아니며, 두테르테는 부패척결을 외치며 주민들을 선동하여(in a demagogue) 인기를 얻고 있다. 필리핀 국민들은 행정책임자를 원하는 것이 아니라 전사를 원한다.

〈우주소년 아톰〉으로 잘 알려진 일본의 만화가 데즈카 오사무(手塚治虫)의 에세이집 《나의 여행기》(ぼくの旅行記)는 혼자 또는 만화가들과 함께한 짧은 여행기들이 수록되어 있으며, 권말부록에는 자신의 만화주인공들을 소개하고 있다.

글 중에는 여행 중 만난사람들과 명함을 교환하였지만 인사장이  와도 누군지 잘 모르는 경우가 많다는 글도 포함되어 있다. 유명한 만화작가이다 보니 자신을 알아보고 명함을 교환한 사람들로, 답신을 하면 그때서야 알게 된다는 내용이다. 우리들도 여행하면 자기소개를 할 때 명함을 주고받는데, 만난 사람들과 소통하는, 특히 편지로 인사하는 경우는 드물고, 또 유명하지도 않으니까 해당사항이 없을 수도 있을 것이다.

그의 여행에세이 주제는 맛집, 행사장, 짝퉁시장, 술집 등 일상적인 소소한 것들이다. 만화협회 회원들과 단체로 각 지역의 축제를 찾아다니는 '여행(旅行)'이란 제목의 글도 있는데, 일본은 한국보다 넓기도 하지만 각 지역의 특색 있는 축제들이 많다. 그런 여행지를 찾아다닌 느낌을 적고 있다.

CHAPTE

③

전시회에서 여행기분 내기

  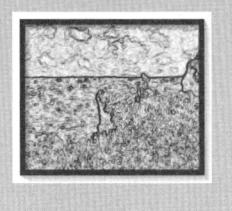

구 서울역사에서의 〈여행의 새 발견〉 전시회

인류는 농경생활을 하면서 정착하기 전에는 유목생활을 하였으며, 수시로 '이동'하였다. '여행이 아닌 이주'였다. 또한 종교적 성지탈환이나 민족 간, 국가 간의 전투에는 대규모의 군대가 이동하였으며, 그 대표적인 예가 10차에 걸친 교황의 예루살렘 탈환을 위한 십자군 원정(1096~1291), 영국과 프랑스 간의 백년전쟁(1337~1453), 오스만투르크의 유럽정복전쟁(1299~1453) 등을 들 수 있다. 이동이나 이주가 아닌 '여행'은 교통수단의 발달과 함께 양적으로 팽창하였다고 할 수 있다.

1925년에 건립된 구 서울 역사(驛舍)는 현재 '문화역 서울284'란 복합문화공간으로 활용되고 있는데, 2020년 6월 23일부터 8월 30일까지 〈여행의 새 발견〉이란 여행관련전시가 개최되었다. 코로나19 때문에 개막 후 일반에게 공개하지 않다가 7월 25일부터 관람인원을 제한하면서 공개했다. '284'는 정부가 지정한 구 서울역사의 사적지정 번호다.(독립문32호, 한국은행본관280호 등). KTX역사가 새로 준공된 2004년부터 폐쇄되었다가 2011년 복원공사를 거쳐 주로 전시장으로 활용되고 있다.

"사람의 일생은 거대한 모험이나 여행에 비유되곤 합니다. … 과거에는 사람들이 마음껏 이동하거나 여행할 수 없었습니다. 소수의 귀족과 권력자 또는 집시, 유랑시인 정도나 가능한 일이었습니다. 근대사회 이전까지도 귀족들의 교육을 위해서나 외교적 목적을 지닌 지식인, 그리고 전쟁을 위한 군인들을 제외하고는 자유로운 이동이 불가능했습니다. 이제는 … 누구나 마음만 먹으면 쉽게 세계를 여행할 수 있습니다. … 지난 반년은 초유의 펜데믹으로 인해 … 이동의 자유가 제한되었던 암울한 시기였습니다. … 〈여행의 새 발견〉은 펜데믹시대에 우리 삶과 여행, 이주와 같은 이동양식의 변화와 그것이 함의하는 것이 무엇인지 생각해보고자 합니다." 예술감독 김노암이 '왜 여행을 하는가?'란 글에서 밝힌 전시기획의도다.

구 서울역사 전경

중앙홀 천정에는 가운데에 태극문양이, 주변에는 꽃문양이 새겨진 스테인드글라스가 선명하게 드러나 있다. 벽면에는 '순간'이란 주제에 걸맞는 바다, 숲, 꽃과 그늘 등 자연의 모습을 담은 영상이 벽면 구조물이 있는 그대로에 투영되고 있다. 3등 대합실에는 '상상'이란 주제로 김수연의 〈플랜트시리즈〉, 민성홍의 〈다시락 : 대칭적불균형〉, 〈가변성을 위한 연습〉 등이 전시되고 있다. 1,2등 대합실에는 여행용캐리어와 책들을 쌓아놓고 여행의 의미를 되새기도록 하고 있다.

철길이 내다보이는 중앙홀 뒤 서측복도에는 간이역에 관한 설명과 사진이 전시되고 있는데, "서울에서 마지막 간이역은 화랑대역", "근대문화유산으로 지정된 1914년 건립된 춘포역은 전국에서 가장 오래된 역사", "전국에서 가장 아름다운 간이역은 남평역", "유일한 석조 간이역은 불정역"등등의 설명이 붙여있다. 고향인근의 중앙선 운산역도 소개되고 있어, 그곳에서 증조할아버지와 함께 부산으로 여행을 떠났던 기억을 환기시켜주었다.

1,2등 대합실, 부인대합실 뒤편 복도에는 문학작품 등에 등장하는 여행과 관련되는 문장들을 인용하여 유리나 전시대에 쓰거나 적

어 사진과 함께 전시하고 있다. 귀빈실에는 '사색'이란 제목을 붙여 이응노의 드로잉을 이응노의 집, 가나문화재단 등에서 대여하여 전시하고 있다. 그밖에도 전국철도지도나, 과거 경성역을 소개하는 자료, 열차시각표 등 역사적 자료도 함께 전시되어 있다.

들어갈 때는 빗방울이 잠잠하였으나 나올 때는 세차게 내려, 시간을 때우려 기념품점에 들어가니 코로나19 때문에 신상을 기록하라고 하여 되돌아 나왔다. 공공기관에서 운영하니 그럴 수

〈전시장 내 여행가방과 자료〉

밖에 없을 것이다. 7월 중순 오가는 길에 전시장을 찾았으나 휴관 중이어서 보지 못해 일부러 다시 들렀다. '여행'관련 전시여서 관심 있게 보았다. 물론 내가 근무했던 친정 부처의 관장업무이고, 외국에 근무할 때에는 비슷한 업무를 수행하기도 했다.

뚝섬미술관의 〈여행갈까요〉전시회

뚝섬역 3번 출구 오른쪽 건물이 삼일빌딩이며, 그 건물지하에 뚝섬미술관이 있다. 건물 외벽은 '안도 타다오'의 건축양식을 본뜬 듯 노출콘크리트 방식으로 되어 있다. 여행작가 공부를 하고 있는데, 전시회를 검색하다가 〈여행갈까요〉란 전시가 검색되어 곧장 찾았다.

이 전시는 여행과 환경을 주제로, "펜데믹으로 인해 일상이 정지

되고 이동의 자유가 제한된 지금 우리는 그 어느 때보다도 여행의 소중함을 절실히 느끼고 있습니다. 여행에 대한 갈증을 해소하면서 여행이 어려워진 이유가 무엇인지 되돌아보고 앞으로 지속가능한 여행을 위해 우리가 무엇을 해야 하는지에 대해 이야기 하는 전시로 기획하였다.”고 한다. 참가 작가들은 '여행' 콘셉트에 맞게 회화, 프린트, 드로잉, 비디오, 설치 등 다양한 작품을 출품하고 있다.

그리 잘 알려진 미술관도 아니고 또 크지도 않으며 지하에 위치하고 있어 관람객은 많지 않았다. 전시 팸플릿이 있는지 물었더니 대신에 여권모양의 전시소개서와 탑승권 모양으로 된 입장권을 주면서 입구로 안내한다. 방을 들어서니 '모먼트에어라인 4372편'이라면서 출발안내멘트를 적어놓고 팔걸이가 있는 의자로 한 좌석을 만들어 놓았다. 일단 자리에 앉아 셀카로 증명사진을 찍었다.

커튼을 젖히고 다음 방으로 들어가니 해변을 그린 그림과 모래사장, 그늘 집 등을 만들어 놓고 의자를 가져다 놓았다. 어느 해변을 온 듯하다. 사진을 찍을 수 있도록 해 놓았으나 혼자여서 찍질 못했다. 옆에는 체게바라의 “청춘은 여행이다. 찢어진 주머니에 두 손을 내리꽂은 채 그저 길을 떠나도 좋은 것이다.”란 글귀가 적힌 대형화물 받침목 틀이 세워져 있다.

그 방에는 여러 작가들의 유화, 프린트, 드로잉, 비디오, 사진 등이 전시되어 있고, 화분, 나무상자, 의자 등도 가져다 놓았다. 세계지도에 포스트잇으로 희망여행지를 적어 붙일 수 있도록 해 놓았는데, 동남아와 유럽, 미국서부지역에 많은 포스트잇이 붙어있었다. 그림

중에는 박효진의 〈일출〉, 전미선의 남유럽풍경 연작, 차일만의 〈몽생미셸〉 등이 눈길을 끈다.

　다음 방에는 베니스, 런던탑 등의 관광지 영상이 연속적으로 비춰지고 있었는데, 가보지도 못하는 멋진 여행지를 비춰주고 있어 여행에 대한 아쉬움만 안겨주고 있다. 이어지는 방에서는 '여행으로 인한 오염'을 주제로 한 포스터, 모래사장의 쓰레기 등을 전시해 놓았다. 쓰레기몸살로 해변을 폐쇄하였던 필리핀의 보라카이, 태국의 마야베이가 생각났다.

　다음의 '선택'이라는 방에서는 '환경오염으로부터 여행지를 지키겠느냐?'를 묻고 있다. NO라는 방향에는 벽이 막혀있고, YES방향에 커튼을 설치해 나아가도록 하면서, 푸른 지구를 상징하는 작품을 전시하고 있다. 이어지는 전시실에서는 '회복'과 '일상'을 주제로 '오로라'를 보여주는 영상, 창밖의 푸른 풀과 꽃을 그린 작품 등이 전시되고 있다.

　입장료에 비해 전시작품이 빈약하다. 체험할 수 있는 것도 포스트잇 붙이는 것 2곳 외에 없어 관객층에도 한계가 있을 것 같다. 유명작가의 단독전시가 아니라 여러 작가들의 합동전시라는 특성 때문에 미술관 숍에서 판매되는 상품도 전문미술관처럼 다양하지 못하다. 2021년 5월 30일까지 연장 전시하고 있다.

서울국제무역전시장(SETEC)의
〈제35회 서울국제관광박람회〉

코로나19 사태로 전 세계의 관광·항공업계가 신음의 차원을 넘어 고사 직전에 있다. 나는 2020년 1월 18일 경북관광의 해를 맞아 경상북도가 첫 번째로 실시한 '만원의 행복' 관광마케팅행사의 일환으로 진행한 '안동 병산서원·하회마을탐방' 행사에 참가하였다. 이후 계획했던 20여개 관광행사는 코로나19로 취소되어 '경상북도구석구석'을 즐길 수 있

는 기회가 날아가 버렸다.

관광은 기본적으로 보고, 먹고, 자고, 만나는 '컨택트'로 진행되는데, 코로나19 때문에 학교의 정규수업마저 '언택트'로 진행될 정도이니 컨택트인 관광이 설 자리가 없게 되었다. 그래서 많은 관광·항공업계가 폐업하였고, 종사자들이 극단적 선택을 하였다는 소식이 들려온다. 우리나라만의 문제가 아니라 전 세계적인 문제다.

정부는 봄, 가을 두 차례에 걸쳐 관광주간을 설정하여 국민의 여가선용과 관광산업발전을 도모하였고, 업계도 다양한 판촉행사를 실시하였다. 민간의 대표적인 행사가 '코트파'가 주최하는 '서울국제관광박람회(Seoul International Tourism Fair)로, 매년 5월에 개최되었으나 2020년에는 11월 9~12일간 서울국제무역전시장(SETEC)에서 열렸다.

이런 국제행사에서는 국내외의 관련업계가 적극적인 마케팅활동을 펼쳐, 많은 관람객들이 찾고 유익한 정보를 얻어가는 '업계-관람객의 선순환관계'가 확장되는 계기가 된다. 많은 국가나 자치단체들이 별도의 관광관련조직을 두고, 이런 활동을 펼치고 있는 행사에 참가하여 관광객을 유인하고 있다.

제35회 서울국제관광박람회에는 서울, 제주, 경북 등 13개 광역자치단체와, 강진, 울진, 제천 등 14개 기초자치단체에서 참가하여 주요한 관광정보를 제공하였고, 일본, 필리핀, 태국, 스페인 등 외국 관련기관들도 부스를 설치, 운영하였다. 또 의류, 액세서리, 농림수

산식품, 장식품 등 개별업체도 참가하여 판촉활동을 하였다.

코로나19로 인해 모든 참관자들이 등록을 해야 하고 손 소독, 비닐장갑착용 후 전신소독기와 비접촉체온계를 통과하여 입장하였다. 특히 삼밀(밀접, 밀집, 밀폐) 해소를 위해 주최 측은 전시장내 체류인원을 확인하는 시스템을 도입하여 입장인원을 관리하였다. 불행히도 첫날 오후 내가 방문한 시간대에는 전시관계자들을 제외하고 부스숫자만큼의 관람객도 안 되는 것 같았다.

위축된 국내관광산업 활성화를 기치로 내건 이번 박람회에선 'Post코로나시대'에 'With코로나전략'을 살펴보는 세미나도 열렸다. 레일바이크, 곡성기찻길, 제주컨벤션센터 등을 기획한 한범수 경기대 교수는 캐릭터인형이 대신 떠나는 제주여행, 간편 셀프 체크인 기기인 와이플러스 키오스크, 대구의 김광석거리 마케팅 등을 소개하였다. 임석 강진군문화관광재단 대표는 대구, 광주, 부산 등지

에서 출발, 강진을 구경한 후 출발지로 되돌아가는 '오감통통'서비스, 야간관광프로그램 '강진 나이트 드림', 강진에서 1주일 살기 등도 소개하였다.

몇몇 부스에서는 관람객을 대상으로 이벤트를 개최하였으나 기본적으

로 관람객이 많지 않아 쓸
쓸함을 느꼈으며, 소통과
교류의 장이 되진 못했다.
코로나19 때문에 관광업
계의 활성화는 상당한 시
간이 흘러야 할 것 같은
느낌이 들었다. "초록들
판 맑은 공기, 우리 일행
만 타는 버스, 검증된 숙소, 믿을만한 식사까지 '접촉은 줄이고 감동
은 키웠습니다.'"란 어느 여행사의 광고카피가 눈에 들어왔다. 접촉
해도 안전한 컨택트여행을 즐기던 그 시절로 되돌아 갈 수 있는 날
은 언제일까? 우리 모두 코로나19를 이기기 위한 실천에 동참할 때,
그런 날은 앞당겨질 것이다.

　TravelPress사는 특정지역의 관광안내책자를 발행, 유료로 판매
하고 있었으며, 박람회 행사기간 중에는 소식지를 매일 발행한다고
한다. "파이팅! 대한민국, 힘내라! 관광, 여행업계" 트레블프레스의
광고문구다. 타로 점 보는 부스도 있던데, 2021년에는 모두 운수대
통하는 점괘가 나오길 기대한다.
　가상해변에 앉아 겨울코트를 입고 인증사진 한 컷을 부탁했다.
2021년엔 자유롭게 여행을 갈 수 있었으면 좋겠다.

갤러리 쿱의 미술작가 여행작품 전시회

화랑 하면 종로구 인사동, 갤러리 하면 강남구 청담동이 머릿속에
떠오르는 것은 그곳을 중심으로 많은 작가들의 전시활동이 이어졌
기 때문이며, 지금도 많은 전시가 거기서 이루어지고 있다. 그런데
한국화가협동조합이 운영하는 갤러리 쿱(Coop)은 서초구 서울교육
대학인근에 자리 잡고 있으며, 지하철 3호선 남부터미널역 1번 출구
에서 300여m 정도 떨어져 있다.

2015년 경영학을 전공한 아주대학교 황의록교수가 주축이 되어
한국화가협동조합이 결성되고 갤러리를 오픈하여 1년 365일 연중
무휴로 전시를 이어가고 있다. 협동조합은 '그림 한 점이 세상을 바
꿀 수 있다는 신념 아래 그림으로 우리가 사는 세상을 좀 더 따뜻한
곳으로 만들기 위해 뜻을 같이 하는 후원자들이 모여 만든 순수 민

간 미술단체'다. 기업과 예술가들의 후원을 받아 전국 초등학교에 작은 미술관 600개를 만들어 자라나는 어린이들의 정서함양은 물론 '미술의 대중화'를 통해 '아름다운 대한민국을 가꾸어 나간다.'는 원대한 포부를 가지고 2020년에는 강원도 오지의 초등학교 10개소에 '작은 미술관'을 설치하였다.

협동조합은 신진작가들을 발굴하기 위해 학력·경력을 불문하고 오로지 '작품'만으로 공모작가를 선정하여 전시기회를 부여하고 있다. 또 작가들의 창작의욕을 고취하기 위해 소속작가, 공모작가, 추천작가들에게 연 1회 여행기회를 마련하여 2018년 6월에는 이탈리아, 2019년 7월에는 스페인과 모로코를 다녀왔고, 2020년에는 남미여행을 계획하였으나 코로나19로 인해 취소하였다. 대신 동해 추암 촛대바위, 고성 라벤더밭, 양양 하조대 등 강원도 동해안지역을 탐방하였다.

매년 작가들이 여행한 후에는 여행지의 풍광을 담은 작품을 제작하여 전시회를 개최하였는데, 2018년에는 여행스케치 및 사진전을, 2019년에는 스페인모로코 여행작품전을 개최하였다. 일반여행에서도 사람마다 관심을 두는 포인

〈스페인 모로코 여행작품〉

감원 품경전
12. 4 - 12. 16

트가 다르고, 같은 것을 보아도 관점이 다른 것처럼, 전시된 작품에서는 작가들마다 개성 넘치는 '다양한 시각'을 엿볼 수 있다.

여러 작가가 이탈리아의 로마, 카프리, 피렌체 등을 함께 탐방하여도 어느 작가는 성당의 외관을, 어느 작가는 스테인드글라스나 성모상을 보며, 어느 작가는 성 베드로성당을, 또 다른 작가는 두오모성당을 그리거나 찍는다. 스페인과 모로코 여행에서는 누구는 스페인풍경을 그리는데 반해, 다른 작가는 모로코를 그리고, 모로코에서도 사막, 낙타, 선인장, 태양 등 무엇을 어떻게 자신의 작품에 투여할 것인지 머리를 싸맨다.

2020년에는 〈강원풍경전〉이란 이름으로 12월 4일부터 2주일간 갤러리 쿱에서 전시하고, 대관령 티롤갤러리에서 2021년 2월까지 전시된다. 누구는 바위를, 어느 작가는 바다를, 다른 작가는 라벤더밭에 초점을 맞춘다. 작가는 사진을 찍은 듯이 그릴 수도 있지만, 어느 한 포인트를 잡아 그것만 집중 조명할 수도 있는 것이다. 소나무에 걸린달, 바다위의 일출, 접시위의 산, 넘실대는 파도, 높은 언덕의 풍력발전터빈, 꽃밭, 별밤 등등 그들은 여행을 통해 작품의 소재를 발굴하고, 자신만의 아름다움을 표현하고자 분투하고 있다. 협동조합은 그들과 함께 "우리 국민이면 돈이 있건 없건 누구나 그림을 가까이하고 즐길 수 있게 함으로써 삶의 질을 개선할 수 있도록 하기 위해 노력"하고 있다.

나는 갤러리에서 가까운 곳에 살고 있어 자주 그곳에서 열리는 전시회를 관람한다. 어느 전시회는 작가가 기증한 작품을 관람자 중 추첨하여 증정하기도 하며, 코로나시대인 만큼 소독제 비치는 물론, 여분의 마스크도 비치해놓고 있다. 주말에 갤러리를 방문한다면, 작가를 만날 수도 있다. 가지 못했던 곳에 대한 작가의 영감을 들어가며 작품을 보면서 여행기분을 내는 것, 코로나 시대의 여행법이다. 작품 사진은 한국화가협동조합 홈페이지에서 퍼왔다.

박물관에서 여행 맛보기

박물관에는 옛사람들이 사용·활용했던 많은 문화재들이 보관·전시되고 있다. 그 중에는 해당지역에서 발굴·수집된 것들도 있지만, 다른 지역의 것들도 있다. 그런 문화재를 관람한다는 것은 바로 그 문화재가 쓰이던 시대로 돌아가 해당지역을 '여행'하는 것과 같다.

서울에 있는 국립중앙박물관에는 모두 412,159점의 문화재가 소장되어 있으며, 그 중에는 국보 74점, 보물 258점, 국가민속문화재 6점도 포함되어 있다.(2019.12.31.기준) 상설전시실은 시대별·문화재 종류별로 구분되어 있고, 다른 나라의 문화재를 전시하는 '세계문화관'으로 이집트·중앙아시아·인도동남아·중국·일본·신안해저유물을 소개하는 전시실이 각각 별도로 마련되어 있다.

박물관, 미술관, 공연장 등 일부 문화시설들에서는 영상을 통해 온

라인으로 본연의 업무인 전시, 공연, 교
육활동을 수행하고 있으며, 코로나19로
제한공개 또는 휴관하게 되자 온라인서
비스를 확대하고 있다. 그런 서비스 중
박물관 동영상에는 '여행'과 관련되는 것
들이 여러 편 포함되어 있는데, 1분에 못
미치는 짧은 것에서 10여분에 이르는 것
도 있다. 단순한 소개 영상에서 강의식,
해설식 등 형식도 다양하다.

〈간다라 보살상〉

국립중앙박물관 '온라
인전시관' 동영상서비스
중에는 의사였던 언더우
드 부인의 《언더우드부인
의 조선견문록》, 《상투와
함께 15년》, 외교관이었
던 윌리엄 샌즈의 《서울
풍물지/조선비망록》, 여
행작가였던 이사벨라 버

〈투루판 베제클리크 석굴 제15굴 벽화 복원도〉

드 비숍의 《한국과 그 이웃나라들》이라는 책자에 기록된 조선시대
말 외국인의 시각에서 본 한국의 실상을 소개하는 강의형식의 영상
을 서비스하고 있다.

당시의 고종과 명성왕후에 대한 인상으로 '고종은 독살과 암살의 두려움에 떨었던 소심한 사람으로 친절하지만 유약한 왕'으로, 명성 왕후는 '명석하고 총명했으나 비극적 운명을 가진 여성'으로 묘사하고 있다. 또 한국인들은 '잔치에서 많은 음식을 먹고 담아가기도 했으며, 배고픔이 아니라 포만감을 즐기기 위해 많이 먹는 것 같았다 (트림, 배 두드림). 또 차를 안마시고 청량음료가 없어 술을 많이 마시는데, 과음은 조선의 독특한 모습'이라고 식문화, 음주문화를 기록하고 있다.

제주도 생활상과 관련, 남자는 사냥꾼, 어부, 무역업자였으며, 여인들이 모든 것을 행하는 여인국으로, 제주도 여성을 그리스 신화의 아마조네스와 같다고 묘사하고 있고, 제주민란의 원인은 세금징수와 관련한 도민과 천주교신도들과의 마찰에서 비롯되었다고 기록하고 있다.

박물관이 소장하고 있는 중앙아시아지역 실크로드 문화재와, 창조신 복희와 여와, 간다라 보살상 등을 소개하거나, 중국 우루무치 지역의 베제클리크 석굴의 불화를 소개하는 영상, 국립춘천박물관에서 실제 감상할 수 있도록 인원을 제한하여 공개하는 강원도의 월송정, 망양정, 죽서루, 경포대, 낙산사, 청간정, 금강산, 총석정, 창령사 터 오백나한 등에 관한 영상(digital murals)을 통해서도 국내외 여행기분을 맛볼 수 있다.

그 외에도 박물관은 이집트의 문자와 예술, 로제타스톤, 신화 등과 관련한 영상도 제공하고 있으며, 국내외 문화재전시 관련 영상이나 단위 문화재 또는 지역별 문화재 관련 영상도 제작하여 서비스 하고 있다. 문화재를 관람하거나 동영상을 시청함으로써 유물이 있었던 곳을 여행하지 않고서도 박물관에서 그 지역을, 또 그 옛날의 풍습이나 문화를 알 수 있다. 여행하는 지역의 역사나 문화를 미리 알고 떠난다면, 당연히 더 알찬 여행, 의미 있는 여행이 될 것이다.

마포 여행서 전문서점 '사이에'

서울교육대학 평생교육원 여행작가반 수업을 수강하면서 여행관련 책을 몇 권 읽고 이리 저리 정보를 탐색하던 중 마포에 여행전문

서적을 취급하는 서점 '사이에'가 있다는 것을 알게 되었다. 물론 나의 해외여행에세이집 《세상을 걷고 추억을 쓰다》도 2020년 1월 출판되자마자 사이에로 송부하였다.

4개월이 지난 6월 여의도에서 점심약속을 마친

후 사이에를 찾았다. 홍대입구역 3번 출구에서 내려 서점으로 향했는데, 경의선 철도 폐선부지공원을 따라 한참을 걸었다. 물길도 만들어 놓고, 일부에는 철도레일도 남겨두었으며, 느린 우체통도 세워놓았다. 도로 양 옆에는 카페며 음식점들이 즐비하며, 장미담장 사이에 하트모양 의자를 만들어 젊은 커플들이 사진을 촬영할 수 있도록 해 놓았다. 지도를 잘 이용할 줄 몰라 목표지점을 보여주면서 서점으로 간다고 물으니, '현재지점을 나타내는 아이콘'을 눌러주는데, 내가 현재 어디에 있는지 나타나 금방 목표지점을 찾을 수 있었다.

미리 블로그에서 소개 글을 읽고 갔으므로 서점내부는 적힌 그대로였다. 생각보다 규모가 좁았고 구비된 자료도 많지 않았다. 주욱~ 둘러보니 내 책은 어디에도 볼 수 없었다. 계산대를 지나 안으로 들어가니 직원들의 사무공간이 나왔는데, "이곳은 서점이 아닌 모양이지요?"라고 했더니 그렇단다. 한분이 밖으로 나오길 레 4개월 전에 여행기 책 한권을 보낸 적이 있다면서 제목을 말했더니 금방 찾아서 내온다.

날씨도 덥고 하여 아이스커피 한 잔을 주문하고 사진을 찍어도 되냐 물으니 그러란다. 유럽, 아시아, 국내여행 코너 별로 어떤 책이 있나 살펴보니 사고 싶은 여행 책이 별로 없었다. 다만 《어느 여인의 24시간》,《체스이야기》 등 도박관련 '명작' 소설을 쓴 독일의 슈테판 츠바이크의 《이별여행》이란 책이 있어 한권을 집어 들고, 호주출신 자서전 작가인 클라이브 제임스의 '마지막까지 함께 하고 싶은 인생의 책들'을 소개하고 있는《죽음을 이기는 독서》를 골라 계산을 하고 나왔다. 워크 룸에서 '열일' 중이므로 주문이나 계산하려면 벨을 누르란다. 센스가 있는 표현이다.

　계단을 내려오면서 계단 옆에 붙어 있는 지도를 보니 서울시내 서점지도 인데, 정작 자신의 서점은 지도에 표시되어 있지 않다. 지하철역으로 되돌아 나오면서 보니 공원 한 곳에는 "술 길은 싫어요. 숲 길 좋아요."란 안내판을 세워놓고 공원에서 술 마시지 말란다. 깨끗하기는 한데, 노친네들이 들릴 곳은 아닌 것 같았다. 스탬프 2개가 찍힌 북 마일리지 카드를 받아왔는데, 8개를 받으면 출판사 증정본을 준다고 한다. 그런 때가 올까? 가보고 싶은 곳 한곳에 대한 궁금증은 해소했다.

〈서점 내부〉

서점 올라가는 벽에는 나태주의 시 〈서점에서〉가 적혀 있다.

서점에 들어가면
나무숲에 들어간 것같이
마음이 편안해 진다
　〈중략〉
서가 사이를 서성이는 것은
나무와 나무 사이를 서성이는 것
책을 넘기는 것은
나무의 속살을 잠시 들여다보는 것

오늘도 나는
숲속 길을 멀리 걸었고
나무들과 어울려 잘 놀았다.

왜 여행을 떠나는가?

여행은 인생을 바꾼다!

"여행의 핵심은 다른 것과 맞닥뜨리는 것이다."라고 말하는데, 사람들은 각자 기분전환을 위해, 휴가로, 무언가를 잊기 위해, 유명한 곳을 돌아보려고, 책임이나 의무에서 벗어나려고 등등 다양한 목적으로 여행을 한다. 존 노르위치(John Julius Norwich)는 "진정한 여행자에게 여행의 목적은 즐거움, 안락함, 따스함, 햇빛이 아니며, 흥분과 도전, 그리고 미지의 세계에 대한 끝없는 매력

의 탐구"라고 말한다.

지금의 알제리 안바나(로마시대에는 Hippo Regius)에서 태어난 주교 성 오거스틴(St. Augustine, 354~430)은 "세상은 한권의 책과 같은데, 여행을 하지 않는 사람은 그 책 한 페이지만을 읽은 것과 같다."라고 하여, 여행을 해야 세상을 알 수 있다는 명언을 남겼다.

세계를 여행하면서 다양한 문화를 접하고 문화적 차이와 다양성에 관한 여러 권의 저서를 집필한 크레이그 스토티(Craig Storti)가 집필한《왜 여행이 중요한가》(WHY TRAVEL MATTERS)라는 책은 여행의 중요성, 여행과 관광의 차이, 여행지와 여행지의 사람, 여행지에 대한 인식과 자각, 여행을 통한 인식전환과 인생의 성장 등과 관련한 '기본서'라고까지 할 수 있다. 저자는 옛날 자료나 여러 권의 여행기를 분석하여 각 항목을 설명하고 있어 어떤 자세로 '여행'에 임해야 하는지에 대해 좋은 참고자료를 제공하고 있다.

여행의 의미

영국의 소설가 로즈 맥컬리(Rose Macaulay)는 "나는 무엇보다도 여행을 좋아하며, 여행은 인생의 주요한 목적이란 말에 동의한다."라고 말한다. 그런데 여행의 중요성을 강조하는 스토티는 "여행할 때 관광객(tourist)이 되어 즐거운 시간을 보낼 것이냐, 아니면 여행가(traveler)가 되어 인생을 바꿔볼 것이냐를 선택할 수 있다."라고 말한다. 그러면서 그는 "수세기동안 유명한 여행가나 위대한 여행작가들은 여행이 자기수양과 인간적 성장을 위한 더없는 기회를 제공함으로써 인생의 전환점을 가져다주는 효과(the life-altering effects of travel)를 칭송해왔다."면서 "여행을 통해 개성을 발굴하여 자신을 변화시키고 돌아올 땐 다른 사람이 되었다."는 서머셋 모음(Somerset Maugham)의 말도 덧붙인다.

이처럼 여행은 지평을 넓혀주고 관념을 변화시키며, 개성을 갖게 한다는 것이다. 이런 여행을 진정한 또는 진지한 여행(true or serious travel)이라 한다. 그는 해외여행을 출발하여 돌아올 때까지 현지에서 방문하고 만난 사람들을 이해하는 외견상 여행(outer journey)과 돌아와 자기나라와 자신을 이해하는 내면적 여행(inner journey)으로 구분한다.

관광의 등장

영국의 세계적인 여행사인 토마스 쿡(Thomas Cook & Son)의 창립자이기도 한 토마스 쿡(Thomas Cook)은 1841년 7월 5일 금주캠페인 참가자 570여명이 영국 중부 로보로에서 레스터까지 15마일을 1실링에 다녀 올 수 있도록 하는 단체관광(excursion)을 조직하였는데, 이것이 '세계 최초의 단체관광'이다. 이후 그는 레스터에서 리버풀, 레스터에서 스코틀랜드까지 단체관광을 조직하였고, 1851년 런던박람회 때에는 레스터에서 런던까지 15만 명을 관람토록 조직하여 본격적인 단체관광시대를 열었다. 그는 여행에서 열차를 이용한 속도(speed), 편안함(comfort), 편리함(convenience), 그리고 단체(group)라는 4가지 개념을 처음으로 도입, 정해진 일정에 따라 혼란과 걱정 없이 경험할 수 있도록 하여 여행객들을 놀라게 하였다. 그의 이런 활약에 대해 여행순수주의자들(travel purists)은 그가 추진하는 여행은 '헛고생이고 여행을 죽여 버린 원흉, 또는 진정한 여행의 불구대천의 원수'라고 까지 말한다. 즉 단체여행객들은 대부분의 시간을 동료여행객들과 보내고, 지역주민을 만나지 않으며 그 지역 언어를 하는 사람도 없고, 호텔 같은 숙소에서 머물며 식사하고, 시원한 버스에서 차창을 통해 풍광을 내다보고 사진을 찍는 여행이 되어 버렸기 때문이다. 심지어 조지 오웰(George Orwell)은 관광객들을 "이 호텔 저 호텔을 옮겨가며 여행하고, 날씨를 제외하고는 다니는 곳에서 무엇이 다른지도 알아보지 않는 개자식들(the bastards)"이라고 까지 폄하한다.

관광이 대체로 어떤 것에서 벗어나는 것(escape from)인데 반해, 진정한 여행은 어떤 것에 이르는 것(arrive at)이며, 관광은 주로 오락 목적인데 반해 여행은 기본적으로 교육적이다. 또 관광객들은 지역 사람들을 맴돌거나 그들의 서비스를 받는다면, 여행객들은 그들을 만나기를 원하며, 관광객들은 휴식을 취하려는데 반해 여행객들은 자극받기를 원한다. 관광의 목표가 풍광을 보는 것이라면, 여행의 목표는 이해다.

폴 터로(Paul Theroux)는 "여행객들은 그들이 어디로 가는지 모르며, 관광객들은 그들이 어디에 있었는지를 모른다."고 하고, 로빈 핸베리테니슨(Robin Hanbury-Tenison)은 "관광객은 심신의 휴식을 위해 해외여행을 하고, 여행객은 알고 이해하기 위해 해외에 간다.”고 한다. 즉 ‘해외여행은 인간적 성장과 자기수양을 위해 외국을 여행하고 다른 문화를 맞닥뜨리는 것’이다. 그런 의미에서 300년 이전에는 진정한 의미의 여행이 존재하지 않았다고 할 수 있다.

여행의 발전

인류는 가축을 집에서 기르기 전까지는 짐승과 함께 계절이 변화함에 따라 유목생활을 하였다. 끊임없이 이동하였으며, 그런 뜻에서 ‘여행’이란 단어는 인류역사의 시작과 함께 하였다고 할 수 있고 ‘삶(life)’ 또는 ‘존재(existence)’와 같은 단어였다. 동물을 사육하고 농경생활을 시작하면서 한곳에 머무는 정착생활(sedentism)이 시작되었고, 역으로 유목생활(nomadism)과 여행은 예외가 되었다.

아담과 이브 이야기, 호머의 《오디세이아》에서처럼 여행은 시련, 고난, 장애물, 위험이었으며, 집에서 밖으로 나가는 여정(journey)이 아니라, 집으로 귀환하는 여정(voyage)이었던 것이다. 로마제국부터 서기 1000년까지의 암흑시대에 여행은 군인이나 항해사, 상인들이나 교역종사자, 인간적인 성장이 아닌 영혼불멸을 희구하는 성지순례자들에 의해 행해졌던 것이다.

중세 이전까지는 지상에서의 삶이 아닌 사후세계를 중요시하였다면, 11세기에 들어와서는 서서히 개인주의가 대두하기 시작한다. 이후 마틴 루터(Martin Luther)의 종교개혁에 따라 가톨릭교회와 교황의 권위가 심각한 타격을 받게 되고, 인간성의 해방과 인간의 재발견, 합리적인 생활태도에 근간을 두는 르네상스의 대두와 함께 인간은 세속적인 이해에 관심을 갖게 된다.

이후 점차 도로가 정비되고, 수송수단이 등장하며, 경제적 여건
이 성숙되고, 가장 중요한 여가시간을 갖게 되어 여행을 떠날 수 있
게 된다. 18세기 중엽 영국의 상류층 사이에는 유람과 교육을 겸
한 그랜드투어(Grand Tour)가 보편화된다. 피터 화이트필드(Peter
Whitefield)는 그의 저서 《문학사로 본 여행》(Travel : A Literary
History)에서 "여행은 군대의 전개, 성지순례, 교역에 국한된 행동이
아니라 인간이 세상을 이해하는 지적활동으로 바뀌었다. 여행은 세
계와 여행자 개인의 인격을 재평가하는 사상과 경험의 영역이 되었
다."고까지 말한다.

여행은 새로운 체험

루이스 맥니스(Louis MacNeice)는 "여행의 최고점에 '체험'이
있어야 한다."라고 말한다. 여행은 새로운 체험을 할 수 있는 인류
의 가장 위대한 원천이며, 외부세계와의 접촉은 빛, 소리, 냄새, 맛,
감각 등 오감에 영향을 주게 된다. 자극에 기인하는 느낌들은 뇌
로 전달되어 기억으로 쌓이게 된다. 기억들은 보고 들을 수 있게 하
는 자각을 가능하게 한다. 인지하는 것(cognizing)이 인식하는 것
(recognizing) 보다 더 많은 시간이 소요된다. 따라서 여행도중 뇌
가 새로운 시각적 자극들을 처리하는데 있어서는 여행을 갈 때
(outer journey)가 돌아올 때(return journey)보다 더 오랜 시간이
소요된다. 친숙하지 못한 광경을 처리하기 위해서는 관심을 갖고 주

의를 기울여야 하기 때문이다.

체험을 통한 감각적 경험(sense experience)과 기억들은 모든 지식을 위한 핵심요소가 되며, 이것은 또 다른 지식의 원천이 되기도 한다. 지식은 전적으로 외부적인 감각을 통해 생성되며, 그런 의미에서 여행은 '새로운 경험을 위한 가장 큰 단일의 원천'이다. "여행은 마음을 넓게 하고, 지평을 확장하며, 이해를 깊게 하고 관점을 변화시키며, 의식을 변화시키고 개성을 쌓아가도록 함으로, 여행에서 돌아 온 사람은 출발할 때와 같은 사람일 수 없게 된다." 이것이 바로 여행이 가져다주는 힘이자 의미이다.

여행은 다른 어떤 인간의 활동보다 새로운 경험에 더 고귀한 비중을 차지하며, 세상과 자신에 대한 지식을 확장한다. 진정하고 진지한 여행은 오락이 아니며, 영혼의 필수품(spiritual necessity, Robert Byron) 또는 인간이 행하는 노력의 진지한 형태(the more serious forms of endeavor, Paul Fussell)라고도 말한다. 댄 키란(Dan Kieran)은 "여행은 진화하는 경험이며, 기억해 두었다가 필요한 때가 되면 의식 속에 떠오르게 된다."고 한다. 그래서 여행은 중요한 것이다.

여행에서의 경험

여행을 통해 경험하고 배우는 것은 크게 여행지에 대한 경험과 그 지역의 사람들을 통한 경험 두 가지로 구분할 수 있다. 전자로는 풍광, 기후, 구조물들, 사물들, 후자로는 행동, 믿음, 가치관, 사고방식/세계관 등이 있다. 현지 사람들이 지형적, 기후적, 환경적 여건을 어떻게 수용하고 적응하는지, 집안이나 건물 구조는 어떤지, 집이나 사무실, 거리에 어떤 물건과 장식들이 있는지에 관해 살펴보고 차이를 알아보는 것이 바로 여행지에서 살피고 경험해야 할 것들이다.

이 포스터(E. M. Forster)는 "이태리에 가거든 제발 문화재나 예술품이 있는 박물관에 가지 말고 이태리 사람들을 만나고 이해하라. 사람이 땅 덩어리보다 훨씬 더 기막히다."고 말한다. 그들이 어떻게 생겼고 의복은 어떤지, 어떻게 행동하고 사회생활이나 생활습관은 어떤지, 사고방식과 세계관은 어떤지 알아보라는 것이다. 여행지 사람들과 섞여보지 않고는 결코 그들을 알 수 없기 때문이다. 얽히기를 좋아하는지, 신분구별은 어떤지, 습관과 태도에 특이점은 없는지, 시간관념이나 품성은 어떤지, 소통은 어떻게 하는지 등을 관찰하고 경험해 보는 것이다.

여행자에게 여행지의 영향도 의미심장하지만, 그곳의 사람들은 더 큰 영향을 미친다. 행동은 내면화된, 변할 수 없는 가치관과 신념의 가시적인 결과들이기 때문이다. 그들이 말하고 행하는 것들의 사연을 알고 이해하게 되면 받아들이게 된다. 즉 더 많이 더 자주 차이에 노출되고 비교하게 되면, 평가하고 더 잘 이해하게 된다. 신념이 무너지고 확신이 사라지는 것은 진정한 여행의 유산이다. 여행을 통한 스스로의 깨우침은 개인의 성장의 출발점이 된다. 변화한다는 것, 그것이 바로 개인의 성장이기 때문이다.

여행의 교훈

저자 크레이그 스토티는 여행이 가져다주는 교훈을 다음 6가지로 정리하면서 몇 가지 여행 수칙을 제시하고 있다.

① 여행지의 지리적 위치나 환경이 그곳 사람들의 생각이나 행동에 미치는 영향을 알게 되고 자신이 살고 있는 장소와 환경이 어떻게 자신을 속박했는지를 이해하기 시작한다.

② 정상적인 것에는 여러 가지가 있으며, 다른 것이 위협은 아니라는 것을 받아들인다.

③ 다른 사람을 오해하고, 이해하기도 전에 어리석게 판단하거나 행동하기 쉽다는 것을 배운다.

④ 외국인과 함께하는 것과 다르다는 것을 두려워할 필요가 없다는 것을 이해할 수 있게 된다.

⑤ 다른 문화와 세계관을 배우는 과정에서 자신의 문화와 자기 자신을 새롭게 알게 된다.

⑥ 배타적 민족주의가 약해지고 허물어지기 시작하며, 개인성장을 위한 수용력을 얻게 된다.

〈여행수칙〉

○ 혼자 여행하라

○ 여행 도중에는 연락을 끊고 문명의 이기를 사용하지 마라

○ 오래 머물라 : 천천히 여행할수록 더 많이 볼 수 있다. 여행은 얼마나 여러 곳을 보느냐가 아니라 방문한 곳을 얼마나 많이 보느냐이다.

○ 걸어라 : 걷기는 오래된 여행의 방법이나 가장 핵심적이고 흥미로운 방안이다.

○ 특정장소 여행만을 고집하지 마라 : 시장, 카페, 이발소, 우체국 등 현지인이 이용하는 곳를 찾으라(관광객이 찾는 성, 요새, 박물관, 성당 등은 피할 것)

○ 현지인을 소개 받으라

○ 현지인이 찾는 곳을 자주 들리라 : ⓐ 가이드 동반금지, ⓑ 역사 유적 방문자제, ⓒ 택시 대신 대중교통 이용, ⓓ 비싼 술집 방문금지 (현지인 출입 가게 이용), ⓔ 자기언어 소통가능 장소 방문금지

○ 방문기간 중 단골이 되라 : 친밀감이 생겨야 속사정을 알 수 있다

○ 현지인 집 가정생활을 살펴보라

○ 방문지에 대해 공부하라 : 여행계획 전, 중, 후 공부하라

○ 스스로 즐겨라

《왜 여행이 중요한가》라는 책의 저자 크레이그 스토티는 책 말미에 프란시스 베이컨(Francis Bacon), 새뮤엘 존슨(Samuel Johnson), 나폴레옹(Napoleon Bonaparte) 등 세계 명사들이나 유명한 여행가들 10명의 여행의 수칙들을 정리해 놓고 있다. 여행 떠나기 전에는 진행 중인 사업을 깔끔하게 정리하라, 과도하게 일정을 잡지마라, 겸손하게 행동하라, 열린 자세로 대하라 등등 이런 것들이다.

여행, 특히 해외여행을 함에 있어 참고가 되는 '명언들'을 집대성해 놓은 아주 훌륭한 책이다. 영국 속담에 "여행자는 매의 눈, 당나

귀의 귀, 원숭이의 얼굴, 상인의 화술, 낙타의 등, 돼지의 입, 사슴의 다리를 가져야 한다."라는 것이 있다. 모두들 여행자가 갖추어야 할 필요불가결한 태도나 자세다. 정말 유익한 책이다.

여행의 다양한 의미

　영국에서 옥스퍼드, 캠브리지에 이어 세 번째로 오래된 더럼대학교의 교수 에밀리 토마스(Emily Thomas)가 쓴 《여행의 의미》(The Meaning of Travel)란 책은 신대륙발견에서 우주여행에 이르기까지 여행의 다양한 의미를 살펴보고 있다. 16세기 말~17세기 초까지 영국의 철학자로 명성을 떨쳤던 프랜시스 베이컨 당시에는 과학이란 분야가 독립되어 있지 않았으며, 철학자들이 생태계나 자연현상 등

을 연구하였다고 한다.

베이컨은 무생물(matter)에서 시작하여 생물(living matter)의 특성을 경험주의에 입각하여 탐구해 근대과학의 초석을 놓았다. 1620년 《대혁신》(The Great Instauration)이란 저서에서 자연의 역사를 새로 정립해야 한다고 강조하면서, 많은 노력과 경비가 소요되므로 '왕립(royal)' 프로젝트로 추진되어야 한다고 역설하였다. 데카르트의 해양조류연구, 뉴턴의 중력이론 등에서 보는 것처럼 초기의 과학은 철학과 종교이론이 뒤얽혀있으며, 오늘날과 같이 분화된 것은 19세기부터라고 한다.

세상에 대한 이해를 위해서는 여행이 필수이며, 그리스로마신화에서 '더 이상 항해하지 말라'는 한계를 넘어 나아가야 했다. 베이컨의 《대혁신》에도 배가 두 기둥을 부수고 항해하고 있는 삽화가 들어가 있다. 즉 지구의 끝으로 여겼던 지브롤터해협을 넘어 대서양을 향해 나아갔던 것이다. 그의 이런 주장은 신대륙의 발견이라는 유럽국가들의 야망과 시의적절 하게 맞아 떨어졌다. 또 그의 탐사론은 종말론(apocalypse)과도 연관된 요한계시록(Revelation) 21장에 언급된 예루살렘의 재현(renewal)과도 같은 '좋은 의미'로 받아들여졌다.

17세기 초 토마스 팔머(Thomas Palmer)경은 여행(regular travel)을, 추방이나 망명과 같은 비자발적 여행자들(involuntary travellers), 상인, 대사, 군인, 스파이와 같은 의지와 무관한 직업상 여행자들(non-voluntary travellers), 용병, 무역업자, 학생, 의사와 같은 자발적 여행자(voluntary travellers)로 구분하고 있다. 스위스, 독일, 이탈리아에서 수년간을 보낸 몽테뉴는 여행은 새롭고 알려지지 않았던 것을 관찰하도록 하여 세상의 다양성, 다름(otherness)을 보여준다고 주장했다. 장 자크 루소도 여행을 교육에 필수적인 것, 헨리 토로는 여행을 통해 야생을 탐험하고 열매를 따면 행복할 것, 존 로크는 여행은 지식확산에 큰 역할을 했다고 하는 등 많은 철학자들이 '여행'의 중요성을 역설했다.

프란시스 베이컨이 〈여행에 관하여〉(On Travel)란 수필에서 '여행은 해외에서 본 것들을 기록하도록 하는 교육'으로 묘사하고 있는데, 16~22세의 유럽 청년들, 특히 영국 귀족자제들은 2~3년 동안 프랑스, 이탈리아 등 유럽을 여행하는 '그랜드 투어'(Grand Tour)를 하였으며 영국에서는 대유행이 되었다. 그랜드 투어를 신사를 완성하는 과정으로 여겼다. 그러나 아담 스미스, 마가렛 캐번디시처럼 '속박에서 벗어나 음주, 도박, 섹스 등 방탕에 빠지는 비정상적(irregular)인 여행경험' 등 부정적 영향을 언급한 철학자도 있었다. 알베르 카뮈는 '두려움'을 맛보려고 스페인령 발레아레스 제도를 여행했으며, 알랭 드 보통은 여행 후 '삶을 향상시키는 사고'를 형성하게 한다고 한다.

많은 여행기는 실제 경험에 바탕을 두고 있으나, 제인 오스틴의 《오만과 편견》, J.R.R.톨킨의 《반지의 제왕》, J.K.롤링의 《해리 포터와 마법사의 돌》, 토마스 무어의 《유토피아》, 대니얼 디포의 《로빈슨 크루소》 등은 상상속의 장소와 인물을 등장시킨 허구의 소설이다. 영국의 여류소설가 마거릿 캐번디시의 상상속의 북극지방 여행기인 《불타는 세계》(The Blazing World)는 '콜럼버스에 의한 새로운 세상의 발견과는 다른 또 다른 세상의 창조'라고 말한다.

Figure 3.1 Bacon's The Great Instauration

이 책은 즐거움을 수반하는 아름다움을 탐구하는 여행, 고통과 위험을 수반하는 숭고한 여행도 다루고 있다. 역사적으로 여행은 남자들에 의해 수행되어 남성다운 활동으로 여겨졌으나 실제로는 많은 여성도 여행에 참여했고 여행기록을 남기기도 했다, 또 이 책에서는 영어표현으로 'doom tourism, catastrophe tourism, last chance to see tourism, extinction tourism, climate change voyeurism' 등 다양한 용어로 사용되고 있는 '사라질 위험에 처한 지역여행'을 중단할 것인지, 책임여행을 강화해야할 것인지에 대한 견해, 여행을 통해 자기가 살고 있는 곳은 좁고 세상은 넓다는 것을 알게 되어 겸손하게 된다는 소설가 구스타브 플로베르의 여행관, 여행 중 본 사물의 본질적 가치는 변하지 않지만 어디에, 어떤 상황인가에 따라 그 중요성이나 의미는 변할 수 있다는 사실을 알게 하는 여행이 주는 교훈 등도 기술되어 있다.

책 앞머리에 '여행을 잘하기 위한 10개의 유용한 팁'으로 ① 플라톤의 《국가론》에 나오는 "40세 이하의 젊은 사람들은 해외여행을 보내지 말라", ② 프란시스 베이컨의 〈에세이〉에 등장하는 "외국의 신기함, 습관, 애착을 피하라", ③ 토마스 팔머의 수필에 나오는 "어리석고, 화내는 사람들, 여자들을 여행에 동반하지 마라", ④ 아논이 "항행의 역사"에서 말하는 "현지복장을 하고 잡아먹히지 않도록 하라", ⑤ 토마스 녹스가 "어떻게 여행할까"에서 말하고 있는 "조급함이나 걱정하는 것을 피하라"는 등을 열거하고 있다.

마지막 부분에는 '돌아와서 지켜야 할 열 가지 팁'으로 ① 플라톤의 《국가론》에서 언급된 "죽음의 고통에 관해, 부패해서 돌아오진 말라", ② 토마스 버넷이 《지구의 이론》에서 말하는 "외국여행 후에는 우주여행을 생각해보라", ③ 로버트 달링턴의 《여행방법》에 기술된 "외국복장은 현지에 두고 오라", ④ 토마스 팔머의 에세이에 언급된 "조국을 위해 봉사하라", ⑤ 데카르트가 《방법서설》에서 언급한 "너무 오랫동안 여행하지 마라", ⑥ 제임스 호웰이 《해외여행 설명문》에서 말하고 있는 "여행얘기로 사람들을 따분하게 하지마라"는 것 등을 들고 있다.

즐거운 여행이 되려면 어떻게 해야 하나?

관광과 여행은 어떻게 다를까? 《지리학자의 인문여행》의 저자 이영민교수는 "관광은 잠시 둘러보며 구경하고 즐긴다는 의미가 강하며, 여행은 객지를 두루 돌아다니며 그곳에 살고 있는 사람들 속으로 동참해 들어간다는 의미를 가지고 있다."라고 한다. 이런 의미에서 본다면 우리가 '여행'이란 표현으로 행했던 많은 거주지 이탈은 실제로는 '여행이 아닌 관광'이었던 것이다. 그는 "관광은 돌아옴을, 여행은 떠남을 목적으로 한다."라고 한다. 이런 그의 구분에 따르면, 아마 '00에서 한 달 살아보기'정도는 되어야 '여행'으로 볼 수 있겠다.

"여행은 여행자, 여행지, 여행지의 사람들의 세요소로 이루어진다."고 한다. 여행자는 바로 여행지 사람들의 삶을 경험해보는 것이며, "알고 떠나면 인생이 즐거워진다."고 한다. 또 "낯선 것들과 함께 낯익은 것들도 낯설게 바라보며 그 속에 깊이 자리 잡은 의미를 확인하고 끄집어내 생각하는 것, 그게 바로 여행이다."라고 한다. 여행은 "낯선 것들을 경험하고 이를 통해 즐거움과 깨달음을 얻는 기회"이다.

왜 사람들은 여행을 떠날까?

여행은 자신의 즐거움과 행복을 위해 행하는 것인데, 일상으로부터의 탈출, 휴식, 그리고 욕구를 충족하기 위한 것으로 구분할 수 있다. 그러기 위해서는 여행지와 여행지의 사람들이라는 대상이 있어야 한다. 그런데 그 대상은 그곳 사람들의 생활의 터전이지 나의 여행을 위해 존재하는 곳이 아니다. 그리하여 심심찮게 과잉관광, 즉 오버투어리즘(over-tourism)이 사회문제가 되고 있다. 소음과 혼잡, 쓰레기, 물가와 주거비 상승 등 그 지역 주민들의 삶을 열악하게 만들기 때문이다. 그러므로 여행자들은 방문자로서 겸손하고 예의를 갖추어야 한다고 말한다.

저자는 여행지의 삶의 모습을 살펴볼 수 있는 곳으로 박물관과 시장을 예로 들고 있다. 박물관은 "문화적 가치의 성소, 시장원리로 추동되는 제도, 권위의 실체이자 저항의 대상으로 식민지화한 공간, 다양한 목소리가 교차하는 포털로서의 장소"라는 네 가지 성격을 갖고 있다는 자넷 마스틴(J. Marstine)의 정의를 인용하고 있다. 박물관이 과거의 삶을 전시하는 공간이라면, 시장은 이 시대를 살아가는 사람들이 활발하게 움직이고 교류하는 현장으로, 삶을 구성하는 필수 물건들을 거래하는 장소, 소식과 정보를 교환하는 소통의 장소, 생산 활동의 고단함에서 벗어나 함께 모여 노는 위락의 장소다.

여행이 주는 의미는?

저자는 여행과 현실의 간극을 줄이고 일상의 변화, 즉 여행의 즐거움을 '몸속에 오래 붙들어 두어 삶의 일부로 만들고 싶다면 부지런히 기록하라'고 조언한다. 첫 번째 여행이 여행준비이고, 두 번째 여행이 현지에서의 여행이라면, 세 번째 여행이 여행의 정리란 것이다. 기억과 흔적의 단순 박제가 아니라 여행을 통해 이루어진 나, 여행지, 현지인과의 관계를 성찰하는 시간을 가지면 앎의 즐거움이 쌓이게 되며, 지리적, 문화적 통찰력이 커진다고 한다.

저자는 여행 중 만난 다른 사람의 메일을 인용하는 형식을 취하고 있지만, "호기심을 발휘하고 열심히 관찰하면서 자신의 의식과 세상을 보는 방식을 자연스럽게 바꾸기 위해 여행을 한다."고 결론짓고 있다. 여행은 "자신을 정확히 확인하는 작업이며, 미래를 풍요롭게 해줄 거름이 된다."고 한다.

여행에서 잘난 체 하지마라

소설가 김영하의 산문《여행의 이유》는 중국 상하이에서 중국입국비자를 받지 않아 공항에서 추방당하는 이야기로 시작한다. 15년 전 일이기는 하나 여행 갈 나라가 입국비자가 필요한 국가인지 확인하지 않고 출발하였고, 항공사도 그런 기본적인 것을 확인하지 않고 탑승시켰다는 것이 좀 의아하기는 하다. 그런 해프닝 때문인지는 모르나 작가는 "대부분의 여행기는 작가가 겪는 이런저런 실패담으로 구성되어 있다. 계획한 모든 것을 완벽하게 성취하고 오는 그런 여행기가 있다면 아마 나는 읽지 않을 것이다. 무엇보다 재미가 없을 것이다."라고 쓰고 있다.

그는 "작가로 산다는 것은 '다름'과 '이상함'을 추적해 생생한 캐릭터로 만드는 것"이라며, 글 곳곳에 그의 여행 경험담을 녹여 넣고 있다. 대학생 시절의 국가안전기획부 주선 여행, 앙코르와트 여행, 미국 아이오와대학 체류, 뉴욕거주, TV 프로그램 제작여행, 파리에서의 기차여행, 멕시코의 메리다 탐방 등의 사례들을 여행과 연결시키고 있다.

"여행은 행복을 찾기 위해서가 아니라 자신들의 슬픔을 몽땅 흡수한 것처럼 보이는 물건들로부터 달아나기 위해서다."라는 데이비드 실즈의 얘기를 인용하면서, 그는 안식의 공간이기도 하지만 상처의 쇼윈도이기도 한 집을 떠나, 다녀간 투숙객의 흔적이 완벽히 제거된 호텔을 '좋아하고' 찾는다. 인류는 가브리엘 마르셀이 말한 여행하는 인간, 즉 호모 비아토르(Homo Viator)인 것이다. 떠나고 가서 직접 몸으로 느끼고 싶어 한다. 인간은 다른 포유류와 달리 끝도 없이 걷거나 뛴다. 피곤하고 위험하며 비용이 들지만 여행을 포기하지 않고 있다.

그가 여행을 좋아하는 이유 중 하나는 "현재를 위협하는 과거에 대한 후회와 미래에 대한 불안이라는 두 그림자로부터 벗어날 수 있기 때문"이라고 한다. 여행은 일상의 근심과 후회, 미련으로부터 해방시킨다고 생각한다.

인생은 여행이며, 인간은 여행자다. 여행은 일상에서 결핍된 어떤 것을 찾으러 떠나는 것이다. 낯선 곳에 도착한 여행자는 현지인의 도움을 절대적으로 필요로 한다. 여행자는 스스로를 어떻게 생각하든 상관없이, 결국은 아무것도 아닌 자, 즉 노바디(nobody)일 뿐이다. '여행은 여행지를 습격하는 행동이며, 여행자는 약탈자'로 여겨지지 않도록 자기를 낮추고 노바디가 되어야만 위험을 피하고 온전하게 돌아갈 수 있다고 한다. "여행의 신은 대접받기를 원하는 자, 고향에서와 같은 지위를 누리고자 하는 자, 남의 것을 함부로 하는 자를 징벌하고, 스스로 낮추는 자, 환대에 감사하는 자를 돌본다."

호메로스의 서사시 《오디세이아》에서의 오디세우스의 키클롭스의 섬 상륙, 자신의 소설 《빛의 제국》 폴란드어 출판계기 바르샤바 방문, 《검은 꽃》 영어 번역본 출판계기 뉴욕방문 사례를 들면서, '낯선 여행지'에서 '특별한 누군가'인 섬바디(somebody)로 대접받으려하지 말고 노바디가 되는 것이 좋다고 한다. '일상으로부터 완벽하게 멀어지는' 것이 작가의 '여행의 이유'인데, 그래서 그는 '일상'이 되기 전에 자주 삶의 터전을 옮긴 모양이다.

노바디로 여행하는 것은 가능할 수도 있을 것 같은데, 그처럼 이곳저곳에서 살 수는 없을 것 같다. 따지고 보면 사실 나도 역마살이 끼어 이사를 많이 한 편이다. 자의든 타의든 국내외에서 주거지를 15번 이상 옮긴 것 같다. 그 중 반은 자동차번호판이 특별한 외교관인 섬바디로 살았는데, 노바디로 생활할 때보다 더 멋있었던 것 같다. 토마스 팔머가 말하는 '직업상 여행자(non voluntary traveller)'였

다. 저자는 "환대의 순환을 가장 잘 경험할 수 있는 게 여행"이라고
말하는데, 섬바디로 환대를 받던 그때가 그립다!

여행은 인격형성의 초석이 된다

흔히 한국 사회를 '다이나믹'하다고 말한다. 변화가 많고 크다는 얘기다. 제2차 세계대전 후 독립한 나라 중 반세기만에 민주주의를 정착시키고 먹고사는 문제를 해결한 세계 유일의 국가다. 코로나19가 창궐하기 전까지 아시아에선 일본이 오래전부터 그러했고, 우리가 그러했으며, 중국이 우리를 뒤따라 세계 각지를 누비는 '여행'을 위해 '돈 쓰는 수고'를 마다하지 않았다. 다녀와

서 적게는 그 나라 사람들의 삶에 대해 얘기할 수 있게 되었으며, 크게는 진로를 바꾸기도 하였을 것이다.

사회가 안정되고 일상생활에 큰 변화가 없는 '복지국가'에 살고 있는 유럽 사람들은 '닫힌 문을 열고' 바깥세상으로 나가는 '여행'에 큰 의미를 두고 있다. 바로 일본인 아제가미 츠카사(畔上司)가 스웨덴 언론인이자 작가인 페르 안데르슨(Per J. Andersson)의 책을 번역한 '여행의 효용'《旅の効用》(원서제목 För den som reser är världen vacker으로, 구글 번역기에서는 "여행하는 사람들을 위해, 세상은 아름답습니다."로 번역)에는 그들은 "무엇으로부터 떠나기 위해서가 아니라 뭔가 새로운 것에 다가가고자 여행한다."고 말한다.

"여행은 사람이 만나는 연습을 하는 장소다. 무엇이 옳고 다른가, 무엇이 좋고 나쁜가, 그런 것을 여행에서 배운다. 현지인들을 만나 심리, 윤리를 배우고 단련하게 된다."고 한다. "폐쇄된 곳에서 오랫동안 단조롭게 생활하면 뇌가 피로하게 되어 불만이 쌓이고 고독감을 느끼게 되며, 점점 더 공격적이 된다. 여행은 심신을 쾌적하게 한다."고 한다. 그러기에 새로운 것을 만날 수 있는 여행을 떠난다는 것이다.

여행하는 사람은 목표를 강하게 의식하며, 사람 만나기를 좋아하고 호기심이 증가하며 감정이 풍부하게 된다. 또 여행지에서 당초계획과 달리 현장사정에 따라 계획을 변경해야 하거나, 예측 불가능한 상황에 부닥쳐 스스로 결정해야 하는 상황이 닥쳐도 스트레스를 덜

받는다.

책 속에서는 여행과 관련되는 유전자를 언급하고 있는데, 바로 'DRD4-7R'(Dopamine Receptor D4-7R allele)로, 관련자료 몇 가지를 찾아보았다. 일부에서는 방랑벽유전자(wanderlust gene) 라고도 부르는데, 호기심, 가만히 있지 못함, 열정(curiousness, restlessness, passion)과 연관된 유전자로 전체인구의 20%(5명에 1명)의 사람들이 가졌다고 한다.〈The 'wanderlust gene'-is it real and do you have it?, The telegraph, 2017.8.3.〉특정행동을 유발하는 데에 어느 한 유전자가 단독으로 작용하는 것은 아닌 만큼 이 유전자를 가진 사람은 모두 방랑벽이 있다고는 할 수 없으며, 또 이 유전자를 가진 사람들은 일반적으로 모험을 좋아하거나 창조적인 일, 탐구적인 활동을 한다고 한다. 물론 이 유전자를 가진 사람은 약물을 복용하거나 섹스에 탐닉하거나 알코올중독이 될 수도 있다고 한다.

연구자들에 따르면 새로운 곳을 보고, 새로운 사람들을 만나며, 새로운 문화를 경험하는 기회를 제공하는 여행은 ① 삶의 새로운 관점을 제공하고, ② 정서적 안정을 가져다주며, ③ 사물과 사람에 대한 애착심을 증진하고, ④ 창의적인 생각을 갖게 하며, ⑤ 상황에 대처할 수 있도록 사고력을 길러주고, ⑥ 긍정적이고 낙관적인 태도를 함양하며, ⑦ 더 많은 것들에 관심과 흥미를 갖게 된다고 한다.〈The Psychology of how traveling can change your personality〉

　이처럼 여행은 인격형성의 5대 특성인 외향성(extraversion), 친화성(agreeableness), 경험에 대한 개방성(openness to experience), 성실성(conscientiousness), 정서적 안정성(emotional stability-반대속성은 신경성 neuroticism)에 많은 영향을 끼치며, 여행전후 삶의 태도에도 변화를 가져다준다는 것이다.〈Extended travel affects personality〉

여행은 대중적인 것이 좋다!

　일본의 건축가 미야와키 마유미(宮脇檀)가 쓴 책 중에《旅は俗惡が
いい》란 것이 있다. 여행기는 1984년에 출판되었고 문고판은 1988
년 발행되었다.(2014년 10쇄 발행) 우리말로 번역하면 '여행은 대중
적인 것이 좋다' 정도 되겠다.

　'俗惡'(속악)이란 단어의 뜻이 잘 이해되지 않아 목차를 살펴보
니 책 마지막 부분에 제목과 같은 장이 등장하고, '속악에서 보이
지 않게 될 때(俗惡が俗惡でなくなろとき)'라는 소제목이 있어 읽
어보았다. 글 속에 'キッチュ'(킷츄)란 외래어가 자주 등장하였다.
킷츄는 '조잡한 것, 천박한 것'이란 의미로 해석되어 있어 그 역시
잘 이해되지 않아 원어인 독일어 사전에서 'kitsch'를 찾아보니 그
런 뜻 외에 '대중영합적인 것'이란 의미도 있었다. 저자는 글 중에

'vernacular'란 단어도 쓰고 있는데, 건축에서는 민중취향에 맞는 일반주택 양식을 의미하는 것으로 해석되고 있다. 이런 사정에 비추어 나는 '많은 사람들이 찾는 곳이 좋다'는 의미에서 '대중적인 것이 좋다'로 번역하였다.

소제목 중에 '싼 호텔이 좋다', '깨닫는 것이 여행이다', '성냥과 비누를 수집한다', '여행 중에 곤란을 겪게 된다', '봉은 멍청한 돈 많은 일본인', '외국에서 사망할 때'등이 있는데, 제목을 보면 대충 어떤 내용인지 짐작할 수 있을 것이다. 물론 이 책에는 파리, 프라하, 상하이, 이란, 그리스 미코노스 섬, 이집트 룩소르, 독일, 인도, 홍콩 등에서의 여행경험도 포함되어 있다.

저자는 프랑스, 독일, 이탈리아의 도시 중심가(Centre ville, Zentrum, Centro Citta)에는 고급호텔이 있고, 중심부에서 조금씩 멀어질수록 싼 호텔이나 여관이 있으며, 뒷골목에는 매춘부들이 호객행위를 하고 있는 곳도 있다고 적고 있다. 건축가답게 좁은 방 구조며, 천정높이, 침대규격까지 스케치하여 책에 여러 장을 수록하고 있다.

저자 미야와키는 호텔에는 기본적으로 두 가지 요소를 고려해야 하는데, 한 가지가 편안하게 숙박할 수 있도록 하는 것이며, 다른 한 가지는 여행자에게 비일상적인 해방감을 주도록 해야 한다는 것이라고 얘기한다. 건축가답게 오늘날 관점에서는 비효율적일 수 있지만 큰 나무기둥, 높은 천정, 다른 사람 소리가 들리지 않도록 한 가구 배치 등 고유한 특성을 가진 호텔이 고객이 기대하는 호텔이라고 말한다.

그의 글 중에 관심을 끄는 것은 동경대학교 대학원을 함께 다닌 한국의 건축가 고 김수근씨를 만난 얘기이다. 프랑스의 세계적 건축가 르 코르뷔지에의 민족주의 작풍이 바뀌어 갈 때 저자가 김수근씨를 만났더니, 김수근씨는 "일본사람들은 서구에 지나치게 기울어져 있어요. 자신들의 주변을 확인해보라"는 말을 했다고 한다.

새마을 운동이 확산되어 '건축의 질이 떨어지고, 사람들의 마음도 황폐해져가고 있었던 시기'에 한국을 방문했을 때 김수근씨는 그에게 '그런 점에서 일본은 선배인데 반면교사인 당신들이 도와주세요.'라는 말을 했다고 한다. 무조건 뜯어고치던 시절에, 김수근씨는 산중의 오래된 절이나, 오래된 마을의 전통이 허물어지는 것을 안타까워했던 것이다.

그 외에도 책이 출판된 시기가 일본인들이 해외관광을 많이 떠나던 시기여서인지 저자는 "대만과 한국에서는 밤중에 보이가 문을 두드리고 이상한 여자를 들여보내는 곳도 있다."고 적고 있다.

저자는 캘리포니아에서 산타바바라, 몬트레이, 산타클라라 등지의 수도원이나 성을 방문하거나, 페블비치에서 골프를 치거나, 비치

발리볼구경, 와이너리 방문, 부두에서 해산물 시식 등 '고상한 여행'을 즐길 수도 있으나, 일반대중들이 관심을 가질만한 새로운 곳을 소개하고 있다. 샌프란시스코와 로스엔젤리스 중간지점의 산루이스 오비스포에 있는 '마돈나 인'으로, 1번이나 101번 고속국도를 이용하여 접근할 수 있다. 신혼여행의 '메카'인 이 숙소는 내·외관을 진기한 것으로 장식하고 독특한 호실이름을 부여하며, 야간이면 조명이 아름다운 것으로 알려진 곳이다.

또 예술가와 부자들이 많이 산다는 몬터레이의 신문왕 패트리샤 허스트의 '허스트 성'도 소개하고 있다. 그곳은 부지가 25만 에이커, 사설 해변 길이가 80km, 이탈리아와 프랑스 고딕양식으로 지은 성, 다양한 건축물을 본뜬 건물구조, 조각품, 장식품 등이 비치되어 있다. 개인관리가 어려워 주정부에 기부한 후 허스트재단이 관리를 위탁받아 운영하고 있다고 한다.

또 다른 곳은 로스엔젤리스 와츠지역에 1921년부터 1954년까지 30여 년간 흑인 사이먼(Simon Rodia)이 유리와 도자기 파편으로 쌓은 '샘의 탑'(Watts Tower by Sam)을 소개하고 있다. 저자는 와츠지역은 흑인 폭동이 있던 지역임을 언급하고 있는데, 1992년 당시 한인들이 '돈만 벌어가고 있다'는 나쁜 평판 때문에 피해를 보기도 했다. 아마 폭동 설명부분은 초판 발행 후 나중에 추가하거나 고친 것으로 생각된다.

미국에는 오리모양의 오리요리점, 커피포트모양의 커피점, 비행기모양의 기내식 식당, 핫도그모양의 핫도그 점, 카메라모양의 사진

관, 개모양의 개 카페 등 풍부한 자금으로 자유로운 양식의 건물을 건축하고 있다고 하면서, 상업주의가 조장되고 있는 나라에서는 대중에 영합하는 것이 천박한 것이 아니라 '새로운 미의 전형을 만들어 내는 것'(新しい美の典型を生み出す)이라고 주장한다.

〈마돈나 인 전경, 홈페이지 캡쳐〉

저자는 대중적인 곳으로 라스베이거스, 로스엔젤리스의 디즈니랜드, 샌프란시스코의 피셔맨스 워프(Fishermans Wharf) Pier 39 등도 소개하고 있다. 나는 1989년부터 1991년까지 로스엔젤리스에서 생활하여 책에서 언급하고 있는 캘리포니아 태평양 연안지역은 물론, 디즈니랜드, 샌프란시스코 등도 다녀 보았으나 오래전 일이라 거의 기억이 없다.

여행은 무엇을 보상하는가

나루세 유키(成瀬勇輝)가 쓴 《여
행의 보수》(旅の報酬)란 책에는 "여
행이 삶의 질을 높이는 33가지 확
실한 이유"라는 부제가 붙어 있다.
페이스북 최고 경영자 마크 저커
버그(Mark Elliot Zuckerberg)가
사업상 악전고투하고 있을 때 애
플 창업자인 스티브 잡스(Steven
Paul Jobs)에게 고언을 요청하였
더니, 잡스는 "인도에 가라.(Pack
your bags for India.) 그것이 나의 첫 번째 충고다."라고 하였음을 기술하고 있다. 잡스는 자신의 인도여행 경험을 통해 서양인들의 이성적 사고 대신 그들은 직관(intuition)을 이용하고 있음을 알게 된 것이 그의 사업에 지대한 영향을 끼쳤다고 밝힌 바 있다.

저커버그 역시 1개월 동안 "인도를 여행한 결과, 해야만 하는 미션이 무엇인지 알게 되었고, 흔들림 없이 사업을 전개할 수 있었다."고 말했다고 한다.(인도 모디(Narendra Modi) 수상이 타운 홀 미팅에서 밝힘). 저자는 '여행을 통해 마음이 변하는 것'을 '인사이드저니(インサイドジャーニー, Inside Journey)'라고 하면서, "여행에는 사람을 변하게 하는 힘, 성공을 이끄는 힘이 있다."고 주장한다.

일본 원서의 제목은 《旅の報酬》이지만 '보수 보다는 보상'이란 우리말이 더 적절한 것 같아 《여행의 보상》으로 고쳤다. 아래는 저자가 기술하고 있는 '여행이 삶의 질을 높이는 33가지 이유'들이다. 여행이 가져다주는 이점, 교훈, 여행의 좋은 점이라고 보면 되겠다. 내용을 읽고 요약정리, 목차의 표현과 다른 부분이 있다.

1. 적은 힘을 들이고 더 잘 할 수 있음을 알게 된다.
2. 온갖 실패와 실태에 대해 너그러운 태도를 갖게 된다.
3. 지금까지의 상식을 접어두게 된다.
4. 모든 것을 (우열의) 차이가 아니라 다름으로 인정하게 된다.
5. 움직이면 풍경이 바뀌고 그 변화가 오감을 자극, 아이디어가 떠오르게 된다.

6. 자신만의 일하는 방식을 만들어 볼 수 있게 된다.

7. 물건 사는 것 보다 체험에 돈을 쓰게 된다.

8. 누구에게도 폐해를 주지 않는 (자신만의) 도피처를 만든다.

9. 정보의 소비자가 아니라 발신자가 된다.(블로그, 인스타그램, 페이스북 등 SNS이용)

10. 들르는 길, 돌아가는 길(寄り道)에서 만나는 뜻밖의 발견도 여행의 즐거움을 더해준다.

11. 과정을 즐기는 것은 살아가는 요령을 몸에 익히는 것이다.

12. 일하는 장소, 거주하는 장소로부터 자유롭게 된다.

13. 자신이 통제할 수 없는 일에 대응하느라 기대하지 않은 능력이 몸에 쌓이게 된다.

14. 체력을 길러야 한다는 생각을 하게 된다.(식중독 예방, 조깅, 명상 등에 관심과 노력)

15. 넓은 시야를 갖게 한다.(새로운 풍경을 보는 것이 아니라 새로운 시각을 가지게 된다.)

16. 어린이처럼 모든 것에 대해 '왜?'라는 의문을 갖는 습관이 되살아난다.

17. 잦은 여행으로 다른 곳의 일들이 자신의 일이 된다.

18. 자기나라 실상(자신만이 사랑하는 일본)을 볼 수 있게 된다.

19. 세계는 넓지만 교제범위는 좁은데, 여행을 통해 여러 사람을 만나 전 세계에 안전망을 구축할 수 있게 된다.

20. 보고 싶은 경치를 보기 위해 여행하듯이, 만나고 싶은 사람을

만나기 위해 여행한다.

21. 언어를 잘하는 것과 커뮤니케이션을 잘하는 것은 다르다는 것을 알게 된다.

22. 한 사람 한 사람이 자국(일본)을 대표한다는 자각이 싹튼다.

23. 여행 도중에는 다른 사람과 함께 행동해야 하며, 다른 사람들과 함께 하는 것이 행복을 증대시킨다는 것을 알게 된다.(무엇에 썼느냐보다 누구와 함께 썼느냐가 행복에 더 중요하다는 연구결과도 있다.)

24. 웃는 얼굴은 세계 공통 언어임을 실감할 수 있다.

25. 세상 사람들이 희구하는 것은 같다는 것을 알게 된다.(가족의 행복, 좋은 날씨, 평화로움, 맛있는 음식, 사랑, 희망 등)

26. 자신만의 결단기준을 마련하게 된다.(여행 중 혼자 선택, 결정해야 할 사항이 많음으로)

27. 여행 중 수많은 난관에 부닥쳐 근거 없는 자신감을 얻게 된다.

28. 인생은 비극이 아니라 희극임을 알게 된다.(찰리 채플린의 "Life is a tragedy when seen in close-up, but a comedy in long-shot." 인용)

29. 인생은 스스로 개척(自作自演)할 수 있는 것임을 알게 된다.

30. 가족과 친구를 떠나 혼자 있게 되어 고독을 극복할 수 있게 된다.

31. 혼자만의 시간을 갖게 되고, 답은 항상 자신에게 있음을 알게 된다.

32. 자신만의 살아가는 방식의 중요함을 이해할 수 있게 된다.

33. 모든 정보에는 누군가의 편견과 주관이 게재되어 있음을 알게 된다.

여행은 자신을 돌아보는 시간

보통의 한국 사람들은 어릴 때는 아빠엄마가 데리고 가는 가족여행, 좀 커서는 수학여행, 대학생 때는 배낭여행이나 어학연수 등으로 여행을 이어간다. '혼자 여행하는' 경우는 대학생, 즉 성인이 된 후 시작되는데, '떠나는 것'에 대한 판단·대처능력을 감안한 것이리라.

카트린 지타의 《내가 혼자 여행하는 이유》는 언론인 생활로 심신이 지치고 가정생활이 원만하지 않아 이혼 한 후 '혼자 떠난 여행'을

통해 새로운 삶을 개척했다는 것이 핵심내용이다. 돈만 허비한 여행, 남는 게 사진밖에 없는 여행이 아니라, 새로운 환경이란 두려움에 맞서고 자신을 성찰하며, 헤쳐 나가는 능력과 지혜를 발휘하는 것이 여행이란 것이다.

책 첫머리에 "여행은 당신에게 적어도 세 가지의 유익함을 줄 것이다. 첫째는 세상에 대한 지식이고, 둘째는 집에 대한 애정이고, 셋째는 자신에 대한 발견이다."라는 브하그완 S. 라즈니쉬(Bhagwan Shree Rajneesh)라는 인도 철학교수의 말을 인용하고 있다. 자신의 울타리를 떠나봐야 세상과 집과 자신을 알게 된다는 얘기처럼, 여행은 우물 안에 머무른 자신의 실체를 알 수 있는 기회를 제공한다는 것이다.

나처럼 은퇴한 사람에게도 '자신을 돌아보는' 시간이 필요하지 않는 것은 아니지만, 저자가 건축가, 언론인, 심리상담가에 관심을 두고 공부하고 활동했던 것처럼 자신이 하고 싶은 일, 잘할 수 있는 일을 고민하는 시기가 필요한 사람들에게 유용한 책이다. 우리나라의 경우엔 저자의 삶의 터전인 오스트리아나 독일처럼 직업이나 직장을 쉽사리 바꾸기가 쉽지 않아, 그녀처럼 '직업으로서의 할 일'을 고민하고 발견하며 결심하기 위한 여행은 쉽지 않을 수 있다. 그럼에도 불구하고 자신의 현재와 미래를 성찰하는 시간은 정신과 육체가 온전한 한, 나이와 상관없이 필요한 것이다.

저자는 수도원에서, 심지어 휴양지에서 조차 남편과 따로 '혼자서' 시간을 보낼 정도로 '자신만의 시간'을 가졌는데, '스스로 대접할 줄 아는 여행자만이 세상의 대접을 받는다.'거나, '자기 자신이라는 친구'와의 시간을 갖는 데에서 여행의 묘미를 발견한다. 삶은 여행인데, '삶이란 여행'은 대신 떠나 줄 수가 없는 여행이다. 각자에게 의미 있는 삶은 누가 이래라 저래라 가르쳐 줄 수도, 책임져 줄 수 있는 일이 아니다.

우리는 어느 나라 사람보다 더 '경쟁'에 시달리고 있으며, 많은 사람들이 탈진증후군(burnout syndrome)에 몸부림치고 있을 것임에 틀림없다. 그러기에 잠시 멈춰서 쉬면서 점검하는 방안으로 여행을 택하라는 그녀의 주장에 귀 기울일 필요가 있다.

알베르 카뮈는 "여행은 우리 본래의 모습을 찾아준다."라고 하였으며, 미국 흑인 사업가 크리스 가드너는 "세상에서 가장 큰 선물은 자기 자신에게 기회를 주는 삶이다."라고 했던 것처럼, 자신의 본성을 찾아 기회를 부여하고 희망을 품고 살아갈 수 있도록 하는 가장 좋은 방법이 여행이란 것이다. 저자는 "모든 인생은 혼자 떠난 인생이다. 누구를 만나 함께 걷기도 하고 목적지가 바뀌기도 하지만 혼자서도 자신의 행복을 쫓아 걸어갈 수 있어야 한다. 혼자 행복할 수 있어야 자신의 생각대로, 자신이 원하는 대로 살아갈 수 있다."라고 한다.

저자는 그러면서 "일에 시간을 쏟는 만큼 쉬는 데도 시간을 쓰라. 휴식이 없다면 성공도 없다."고 하면서, '하지 않기' 목표들을 실행하기 위한 '여행'을 강조한다. "우리는 죽기 위해 태어나고, 잃어버리기 위해 소유하며, 떠나보내기 위해 만난다."는 불교의 가르침을 인용하고 있다. 저자는 여행을 통해 "인간관계에서도 사랑하는 것보다 놓아주기가 더 중요하다, 한 번 불운한 일이 있었다고 해서 인생이 끝나는 것은 아니다."라는 것을 여행을 통해 배웠다고 한다. 그녀의 삶에서 여행은 책으로 알 수 없는 것을 느끼게 했으며, 삶의 터전을 단단하게 가꿔나가는 방법이 되었다고 술회한다. 저자는 여행의 유통기한을 늘리기 위한 가장 효과적인 방법은 '글쓰기'로, 쓰는 동안 그 경험을 다시 한 번 생각하게 해 체험의 의미를 발견할 수 있게 한다. 경험이 값지려면 경험에서 비롯한 성찰이 있어야 하는데, 당시의 생각이나 감정을 꺼내볼 수 있는 것이 바로 '쓴 글'이기 때문이다.

여행은 솔직함과 진정성, 열정, 기질을 발견하는 기회를 제공하며, 감사하는 마음, 결단력, 융통성, 즐길 수 있는 능력, 직관, 용기, 해법 지향적인 사고, 책임감, 독립성, 경청하는 방법을 발견하거나 키우는 계기가 된다. 자기 자신과 대화할 수 있는 '혼자만의 여행'을 떠나라는 것이 이 책이 전하는 핵심 메시지다.

이동(여행)하는 다양한 이유

영어단어 'mobility'를 옥스퍼드사전에서 찾아보니 "한 장소, 사회적 계급, 직업에서 다른 것으로 쉽게 이동하거나, 쉽게 이동 또는 여행할 수 있는 능력"으로 정의하고 있다. 그런데 애니타 퍼킨스(Anita Perkins)의 《여행텍스트와 이동하는 문화》란 번역서의 원서 제목은 《Travel Texts and Moving Cultures》로, 주로 사람들의 이동성(mobility), 정주성(immobility, 定住性), 계류

(mooring, 繫留)에 관한 내용을 다루면서, 호메로스의 《오디세이아》, 소설, 희곡 등 문학작품이나 영화 중 여행과 관련된 텍스트를 분석하고 있다. 즉 모빌리티 관점에서 여행텍스트를 분석하고 있다.

시대의 변천에 따라 이동수단은 배, 마차, 열차, 비행기, 우주선으로 진화하고, 통신수단이 발달하여 더 먼 거리를 더 빠른 속도로 더 빈번히 여행하고 형태도 다양해졌다. 또 나폴레옹전쟁, 세계대전에 따른 군사적 동원, 베를린장벽의 붕괴를 계기로 한 공산체제 붕괴, 대량이주, 테러리스트의 습격, 전 세계적 금융위기 등으로 이동이 보편화하고 전 지구적 이동화가 진행되었다.

"아, 같은 강물에 그대는 두 번 헤엄칠 수 없다."는 괴테의 〈변화 속의 지속〉이란 시구처럼, 옛날부터 지금까지 변화는 지속된다. 여행은 지식을 얻고 인격적 발전이나 자아형성이란 배움을 얻는 긍정적 결과를 가져다주지만, '고향의 상실'이나 귀향불능이라는 모빌리티의 부정적인 면도 등장하기 시작했다. 머무르려는 욕망과 떠나려는 욕망이 대립한다.

《오디세이아》에서 오디세우스는 칼립소, 키르케, 나우시카, 세이렌 등의 방해에도 불구하고 20년(10년의 전쟁과 10년의 귀환)만에 이타케로 귀향하는데, 그의 여행은 이상적이고 완전한 것이라 할 수 있다. 저자는 오디세우스의 여정을 중심축으로 18~19세기와 20~21세기의 여행텍스트를 비교분석하고 있다.

불가능한 삶의 여건으로부터의 도피를 다룬 요한 고트프리트 헤르더의 《나의 1769년 여행의 기록》, 아버지 요한 라인홀트 포르스터와 함께 쿡 선장의 두 번째 태평양, 남극 탐험여행에 동행한 게오르그 포르스터의 《세계일주》(아버지는 마오리인들을 폄하한데 반해, 아들은 '용감하고 관대하고 우호적인 것으로 묘사), 장소의 변화가 주는 자극과 새로움의 자극을 위한 여행을 추구하는 카를 필리프 모리츠의 《안톤 라이저》, "똑똑한 사람은 여행에서 최선의 자기형성을 발견한다."고 하면서 여행하는 삶과 집에서의 삶 사이를 이동하면서 관계를 맺고 교섭하고 유지하고 헤어지는 주인공 빌헬름의 삶을 묘사한 요한 볼프강 괴테의 《빌헬름 마이스터의 수업시대》, 마차여행을 떠나고 우편을 이용해 약혼녀와 편지를 주고받지만 우연의 사고를 목격하고 자살로 생을 마감하는 하인리히 폰 클라이스트의 《편지: 1793.3.1.~1801.4》, 프랑스혁명으로 베를린으로 망명하여 '독일인일 수 없었으나 프랑스의 고향도 타향으로 느끼는' 가문의 얘기를 다룬 아델베르트 폰 샤미소의 《페터 슐레밀의 놀라운 이야기》, 가업에 관심 없는 아들에게 '무용지물'이라며 밥벌이 하라고 하자, 하인이 되어 여행하면서 백작의 딸을 사랑해 행운을 잡고 거주하게 되면서 본향으로 돌아갈 수 없게 된 젊은이의 야망을 다룬 요제프 폰 아이헨도르프의 《무용지물의 삶》 등이 18~19세기 여행 텍스트의 분석 대상이다.

현대 여행의 텍스트로는 여행이 제한되고 엄격한 검열로 글쓰기마저 제약받던 동독사람들의 상상적 여행과 먼 곳을 향한 갈망을 다룬 에리히 뢰스트의 《양파꽃 문양》, 국가가 부과한 여행제한으로 여행을 할 수 없는 동독주민이 1802년에 폴란드에 있던 러시아공무원 조이메의 아메리카, 러시아의 모험 여행을 모방하는 자기형성과 순례여행을 다룬 프리드리히 크리스티안 델리우스의 《로스토크에서 시라쿠사로의 산책》, 지상 400km의 러시아우주정거장 미르(MIR)의 우주비행사가 310일간 체류하였던 경험을 다룬 안드레이 우지카 감독의 다큐멘터리 영화 〈현재를 벗어나〉(이륙 시는 소련 고르바초프, 착륙 시는 러시아 옐친, 지상에서의 삶과 우주에서의 삶 사이의 정서적 단절), 그리스에서 사라예보까지 전쟁으로 황폐한 발칸반도를 여행하면서 깨진 희망, 디스토피아의 상징인 사라예보에서 부서진 레닌동상이 상징하는 마르크스-레닌주의적 이상의 붕괴를 다룬 데오도로스 앙겔로풀로스 감독의 영화 〈율리시즈의 시선〉, 이타케에 도착한 오디세우스는 전쟁의 영웅으로 가족과의 재회로 기쁨으로 가득하였던데 반해, 그를 가족과 집을 저버린 피에 굶주린 전쟁광, 도시의 파괴자로 묘사한 크리스토프 란스마이어의 희곡 《오디세우스, 범죄자》 등이 소개되고 있다.

이 책을 읽고 처음 알았는데, 근래에 인간, 정보, 자본, 물자의 이동을 포괄하는 '모빌리티 연구'라는 새로운 학문분야가 정립되어 가고 있는데(mobilities studies), 이 책 역시 그런 시리즈물의 일환으로 출판된 것이었다. 그래서 이 책은 다분히 학술적이며, 각주도 많고 본문에서 다른 학술연구결과도 많이 인용하고 있다. 그렇다고 읽기가 어렵다는 의미는 아니다. 기본적으로 소설이나 영화, 희곡의 텍스트를 분석하는 것이기 때문이다. '여행'에 관해 좀 더 알고자 제목을 보고 골랐는데, 영어의 계류(mooring)의 의미를 단기간의 여행 보다는 "장기간 항해나 탐험 또는 살던 곳으로 되돌아오지 않는 (되돌아올 수 없는) 떠남"이란 의미의 여행이어서 '관광여행'의 개념과는 차원을 달리하는 여행을 다루고 있었다.

뿐만 아니라 수산 로버슨(Susan L. Roberson)은 《여행을 정의하기》에서 "여행, 이동, 모빌리티-이것들은 인간 삶의 본질적 활동에 속한다."고 정의하고, 베를린 장벽이 붕괴하기 전인 1989년 11월 4일 50만의 동독시위자들은 '외국여행을 할 제약 없는 권리'를 요구하는 등 여행을 삶의 본질이나 권리의 하나로 파악하고 있다. 또 클라우디아 벨(Claudia Bell)과 존 라이올(John Lyall)은 "오늘날의 여행자는 조용하게 자연을 관찰하는 것으로는 불충분하고 보는 것이 아니라 행함-체험을 갈망하고 있다."고 한다.

저자 애니타 퍼킨스는 여행텍스트의 분석을 통해 ① 여행은 여행자를 변화하게 하며, 남은 자 역시 그대로 있다는 것을 기대할 수 없다, ② 이동은 불확실성을 수반하나 인류는 확실성을 추구한다, ③ 이동성이 강화된 현대에도 고향이나 정주하는 삶은 일반적으로 욕망된다, ④ 현대에도 사랑은 추구되며, 여정은 지속된다는 네 가지를 주장하고 있다.

여행과 관련되는 다양한 종류의 책이 소개되고 있어 여행작가(되려고 하는 사람 포함)는 읽어보는 것이 좋겠다는 생각이다.

집 가까이 손자녀들이 넷이나 있어 코로나 사태가 심각해지기 전
까지 아내는 유치원이나 어린이집에 아이들을 데려다주고 데려오는
일을 맡고, 나는 가끔씩 비대면 수업이 있을 때 컴퓨터를 봐주거나
비대면 수업자료를 받아다 전해주는 정도로 '집안일'이 있었다. 아
이들이 가까이 있는 게 천만다행이란 생각이 들었다. 부부가 집안에
서 종일 얼굴만 쳐다보고 있으면 아무리 잉꼬부부라 하더라도 소리
가 나기 마련인데, 그럴 기회가 적어지니까 '다행'이란 것이다.

코로나가 심각해져 유치원과 어린이집이 모두 휴원하여 아이들이
집에만 있게 되어 돌보는 일이 줄어들었고, 유치원 비대면 수업은
그동안 익숙해져 아이 혼자서도 할 수 있는 단계까지 와 이젠 도울
일이 없어졌다.

그럼에도 자주 아이들을 보는데, 집밖으로 나돌아 다니기도 두려워 늘 무엇을 할까 고민한다. 마땅한 소일거리도 없어 나는 주로 책을 읽고 글을 쓰는 편이다. 어쩌면 이것이 혼자 노는 가장 효과적이고 경제적인, '좋은' 방안일지도 모르겠다. 그러다 보니 가끔씩 서점을 찾는다. 신용카드 결제 액수는 많지 않지만, 회수로는 카드사용의 대부분이 서점결제가 차지한다.

정확히 세어보지는 않았지만 2020년 읽은 책은 세 자리 수는 안 되는 것 같고, 그저 90여권정도 되는 것 같다. 그 중 '여행'과 관련되는 것들이 가장 많을 것이다. 비대면 수업이지만 '여행작가'수업을 듣고 있었기 때문이다.

여행은 '체험'이라고 하는데, 여행지에서 그곳의 풍광과 사람, 분위기를 맛보아야 제대로 체험하였다고 할 수 있을 것이다. 책을 읽거나 영상자료를 본다고 하여 현장의 느낌이 제대로 전달될 수는 없다. 물론 글을 쓴 분들은 그분들의 시각이나 관점에서 보고 느끼는 점에 초점을 맞출 것이므로 나에게 도움이 될 수도 있다. 그러기 위해서는 나도 찾을 기회가 있어야 할 텐데, 코로나뿐 아니라 경비, 시간, 신체적 조건 등으로 확인할 기회가 없어 안타깝다.

여행다운 여행을 떠나지 못한지 1년이 넘었다. 나뿐 아니라 대부분의 사람들이 비슷한 사정일 텐데, 그들 역시 벗어나고 떠나고 싶은 마음일 것이다. 빠른 시일 안에 국민, 전 세계인들이 백신을 접종해 면역력이 생겨서 만나도 문제없는 때가 오길 기대한다. 집콕여행도 한해로 족하고, 기간도 짧으면 짧을수록 좋다.

책값만 내고 미지의 세계를 여행하고, 전 세계, 국내의 명승지도 돌아 봤으니, 코로나가 잠잠해지면 그동안 기억해 두었던 지역을, 미리 여행한 분들이 책에서 가르쳐주는 요령을 참고하여 떠나고 싶다. 중세 페르시아 시인인 에딘(Moslih Eddin)은 "관찰하지 않고 여행하는 사람은 날개 없는 새"(A traveler without observation is a bird without wings.)라고 하였듯이, 여행에는 현장체험이 중요하니까.

'집콕여행, 아듀!' 했으면 좋겠다!

늘품

소설가 Marcel Proust(1871~1922) : "진정한 여행이란 새로운 풍경을 보는 것이 아니라 새로운 시각을 가지는 것이다."(The real voyage of discovery consists not in seeking new landscapes, but in having new eyes.)

주교 St. Augustine(354~430) : "세상은 한권의 책과 같은데, 여행을 하지 않는 사람은 그 책 한 페이지만을 읽은 것과 같다."(The world is a book and those who do not travel read only a page.)

시인 Louis MacNeice(1907~1963) : "여행의 목적은 체험하는 것이다.(Travel must be "experience" at its highest.)"

영국의 속담 : "여행자는 매의 눈, 당나귀의 귀, 원숭이의 얼굴, 상인의 화술, 낙타의 등, 돼지의 입, 사슴의 다리를 가져야 한다.(A traveller must have a falcon's eye, an ass's ears, an ape's face, a merchant's words, a camel's back, a hog's mouth, and a stag's legs.)"

여행작가 Craig Storti(1947~) : "여행은 얼마나 여러 곳을 보느냐가 아니라 방문한 곳을 얼마나 많이 보느냐이다." (Travel is not about how many places you see, but how much you see of the places you visit.)

방송인 Anthony Bourdain(1956~2018) : ① "술 마실 기회가 오

면 현지인들과 취하도록 마셔라."(Drink heavily with the locals whenever possible.)

② "여행은 항상 멋진 것이 아니며 편안한 것도 아니다. 때로는 상처를 주고 기분을 상하게도 한다. 그렇지만 걱정하지 마라. 여행은 당신을 변화시키고 틀림없이 그렇게 만들 것이다. 당신의 기억 속에, 양심에, 심장에, 신체에 뭔가 흔적을 남긴다. 뭔가 얻는 것이 있을 것이며, 멋진 것을 남길 것이다."(Travel isn't always pretty. It isn't always comfortable. Sometimes it hurts, it even breaks your heart. But that's OK. The journey changes you : it should change you. It leaves marks on your memory, on your consciousness, on your heart, and on your body. You take something with you. Hopefully, you leave something good behind.)

③ "당신이 서른 두 살이고 건강문제가 없으며, 보다 나은 삶을 갈망하고 있다면, 가능한 멀리 넓은 세상을 여행할 것을 권고한다. 마룻바닥에 잘 수도 있으며, 다른 사람이 어떻게 살아가고 요리하는지 살펴보고 갈 때마다 그들로부터 배우라."(If you are thirty-two, physically fit, hungry to learn to be better, I urge you to travel- as far and as widely as possible. Sleep on floors, if you have to. Find out how other people live and cook. Learn from them- whenever you go.)

여행작가 Paul Theroux(1941~) : "여행은 되돌아볼때만 매력적이다."(Travel is glamorous only in retrospect.)

작가 Anais Nin(1903~1977) : "우리들, 그중 몇몇 사람은 다른 지역, 다른 삶, 다른 영혼을 갈구하면서 영원히 여행한다."(We travel, some of us forever, to seek other states, other lives, other souls.)

여행작가 Keith Bellows(1951~2015) : "여행은 우리가 누구냐에 관한 것으로, 우리를 가르치고 놀라게 하며, 감동을 주는데, 가장 중요한 것은 우리를 변화시킨다는 것이다."(Travel is about who we are; it can teach us, it can surprise us, it can move us, but most important; what it does is transform us.)

시인 Maya Angelou(1928~2014) : "여행은 옹고집을 꺾을 수는 없지만, 모든 사람이 울고, 웃고, 먹고, 걱정하며 죽는다는 것을 보여줌으로써 서로를 이해하도록 하여 친구가 될 수도 있다는 생각을 갖게 할 수 있다."(Perhaps travel cannot prevent bigotry, but by demonstrating that all peoples cry, laugh, eat, worry, and die, it can introduce the idea that if we try and understand each other, we may even become friends.)

여행가 Susan Heller : "여행을 준비할 때 옷가지는 얼마나 가져갈지, 돈을 얼마나 준비할지 계획하라. 그런 연후 옷가지는 반으로, 돈은 두 배로 가져가라."(When preparing to travel, lay out all of your clothes and all of your money. Then take half the clothes and twice the money.)

작가 Ursula K. Le Guin(1929~2018) : "여행 목적지에 도착하는 것은 좋은 일이지만, 최종적으로는 의미 있는 여행이 되어야 한다."(It is good to have an end to journey toward : but it is the journey that matters, in the end.)

유대철학자 Martin Buber(1878~1965) : "모든 여행에는 여행자가 알지 못하는 비밀스런 뭔가가 있다."(All journeys have secret destinations of which the traveller is unaware.)

EarthTrekkers.com : ① "삶에서 도망치기 위해서 여행을 하는 것이 아니라, 도망가지 않도록 하는 삶을 위해 여행한다."(We travel not to escape life, but for life not to escape us.)

② "여행은 일에 대한 보상이 아니라 삶을 위한 교육이다."(Travel is not reward for working, it is education for living.)

③ "여행하기 위해 살고, 살기 위해 여행한다."(Live to travel, travel to live.)

영국작가 G.K. Chesterton(1874~1936) : "여행자는 눈앞에 펼쳐진 것을 보고, 관광객은 보러 간 것을 본다."(The traveler sees what he sees, the tourist sees what he has come to see.)

독일 속담 : "여행자에게 가장 무거운 짐은 빈 지갑이다."(The heaviest baggage for a traveler is an empty purse.)

괴테(1749~1832) : "여행은 도박과 같다 : 항상 승패와 연관되어 있는데, 대체로 기대했던 것만큼은 얻지 못하고 바라는 정도에 그친다."(Traveling is like gambling: it is always connected with winning and losing, and generally where it is least expected we receive, more or less than what we hoped for.)

영국의 수필가 William Hazlitt(1778~1830) : ① "세상에서 가장 즐거운 일 중의 하나는 여행을 가는 것이다. 그런데 나는 혼자서 가고 싶다. 방안에서 사람들을 만나는 즐거움을 누릴 수 있지만, 야외의 자연은 그 자체로 나의 충분한 동반자이다. 그 때에는 그냥 혼자 있는 것 보다 덜 외롭다."(One of the pleasantest things in the world is going a journey; but I like to go by myself. I can enjoy society in a room; but out of doors, nature is company enough for me. I am then never less alone than when alone.)

② "여행은 자유가 생명이다. 사람들이 하고 싶은 대로 생각하고 느끼고 행동할 수 있는 완벽한 자유 말이다. 우리가 여행을 가는 것은 주로 모든 장애물과 불편에서 자유로워지고 싶어서이다."(The soul of a journey is liberty, perfect liberty, to think, feel, do, just as one pleases. We go a journey chiefly to be free of all impediments and of all inconveniences.)

③ "여행처럼 상상이 짧거나 변덕스러운 게 없다. 장소가 바뀌면 우리 생각도 바뀐다. 아니 우리 의견이나 느낌이 바뀐다."(There is hardly anything that shows the shortsightedness or capriciousness of the imagination more than travelling does. With change of place we change our ideas; nay, our opinions and feelings.)

프랑스 작가 Gustave Flaubert(1821~1880) : 여행은 사람을 겸손하게 만든다. 여행을 통해 세상에서 당신이 살고 있는 곳이 얼마나 좁은 지역에 불과한지 알게 된다.(Travel makes one modest, you see what a tiny place you occupy in the world.)

문화체육관광부는 1988년부터 '국민여가활동조사'를 실시하고 있다. 초기에는 매 3년마다, 2005년부터는 격년으로, 2019년부터는 매년, 전국 만 15세 이상 국민 1만여 명을 대상으로 여가시간, 비용, 활동, 만족도 등을 조사하고 있다.

12월 29일 발표된 2020년(19.8.1~20.7.31) 조사결과를 보면, 평균 여가시간은 평일과 휴일이 각각 0.2시간(12분) 증가한 3.7시간, 5.6시간으로 나타났으며, 월 평균 여기비용은 전년과 동일한 156,000원이었다.(적절하다고 생각하는 여가비용은 203,000원). 또 가장 많이 참여한 유형별 여가활동(1~5순위 기준)은 ① 휴식활동, ② 취미오락활동, ③ 사회 및 기타활동, ④ 스포츠참여활동, ⑤ 관광활동, ⑥ 문화예술관람활동, ⑦스포츠관람활동, ⑧ 문화예술참여활동 순이었다. 세부여가활동(전체 88개로 세분)으로는 ① TV시청(67.6%), ② 산책 및 걷기(41.4%), ③ 인터넷검색/1인미디어제작/SNS(34.2%), ④ 잡담/통화하기/문자보내기(33.0%), ⑤ 모바일콘텐츠/동영상/VOD시청(32.6%) 순이었다.

여행에 해당하는 관광활동은 ① 문화유적방문, ② 자연명승 및 풍경관람, ③ 삼림욕, ④ 국내캠핑, ⑤ 해외여행, ⑥ 소풍/야유회, ⑦ 온천/해수욕, ⑧ 유람선타기, ⑨ 테마파크가기, ⑩ 지역축제참가, ⑪ 자동차드라이브 등으로 세분되어 있다. 2019년 조사결과를 보면 가장 많이 하는 상위 10개 여가활동에는 관광활동이 없으며, 가장 만족스런 여가활동 상위 10위 안에는 해외여행이 6위, 자연명승 및 풍경관람이 10위를 차지하고 있다. 1~3위를 종합한 경우에는 해외여행은 9위, 자연명승 및 풍경관람은 7위를 차지하고 있다.

2020년의 경우에는 코로나 19로 인해 여행이 자유롭지 못하였고, 특히 해외여행은 년초를 제외하고는 불가능하여 가장 많이 한 상위 10위 이내 여가활동은 물론이고, 만족스런 여가활동에도 포함되지 못하였다. 국내여행으로 볼 수 있는 자연명승 및 풍경관람이 1~3위를 합한 경우 9위에 올랐을 뿐이다. 그만 큼 '여행' 여건이 좋지 않았다는 것이 나타났으며, 이로 인한 관련업계의 타격도 상당하였을 것으로 추정된다.

1. 일상에서의 변화

o 집에서 '보기와 하기'로 연애, 육아, 여행, 일상체험 등의 욕구를 대리해서 경험한다.

 - 유튜브, TV, 인터넷, 영화, 게임, 요리, 독서, 운동 등

o 불안해 운동, 학원, 외모관리 등 자기관리를 하면서도 연대하지 않고 경쟁한다.

 - YOLO(You Only Live Once)현상 확대, 나 홀로 활동 증가, 권위·후광효과보다 개인감정 중시

o 인간관계확장에 소극적이 되고 폐쇄적인 인간관계가 강화된다.

 - 만나지 않아도 불편하지 않다, 개인시간이 늘어서 좋다, 의무적 종교활동을 하지 않아서 좋다

 - 인간관계유지노력과 더 많은 친구 사귐 욕구 감소

가장 만족한 여가활동(1~3순위 기준)

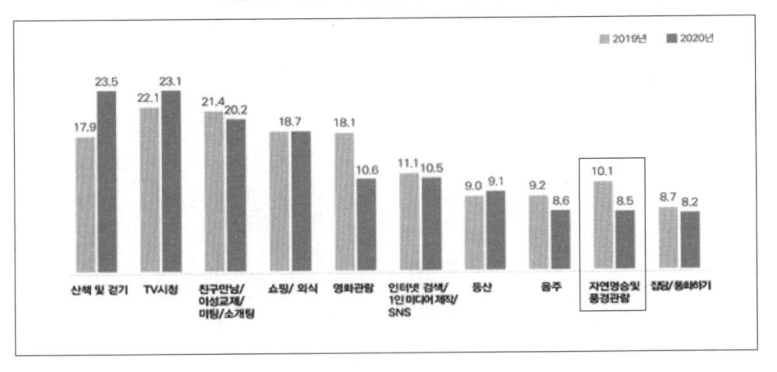

2. 여행에 대한 태도(동의율, 여행의 중요성에 대한 인식)

o 여행을 떠나는 것만으로도 삶의 위로가 될 수 있다(84.5%)

o 요즘 바캉스는 굳이 멀리 갈 필요 없다(84.2%)

 - 호캉스(67.5%), 홈캉스(67.2%), 맛캉스(32.9%), 몰캉스
   (15.5%), 북캉스(7.5%)

o 여행은 현대인의 일상에 꼭 필요한 활동이다(80.9%)

o 여행이 당연하게 할 수 있는 활동이 아니란 것을 새삼 느끼게 되었
  다(77.5%)

o 해외여행에 대한 두려움이 커졌다(67.0%)

3. 여행지에 대한 생각

o 집은 다양한 활동의 플랫폼(집에서 일하는 시간, 자기계발 시간
  증가)

 - 집에서 할 수 있는 것들이 많다(동의율 85.0%), 집 밖에 나가고
   싶은 욕구 감소

o 동네의 재발견

 - 공원 등 오픈 스페이스(밀접·밀집·밀폐의 3밀 회피)에 대한 수
   요 증가

 - 자연휴양림, 숲길, 산림욕장 등 산림여가활동 수요 확인 (코로
   나 19로 인한 우울감인 '코로나 블루' 치유수단으로 주목)

o 자기오락화 역량 증진, 여가목록(leisure repertoire)확장 필요

 - 가정, 교통수단, 공공장소에서의 소소한 여가활동 디자인

* 이 내용은 ㈜마크로밀엠브레인 윤덕한 박사가 2020.12.17. 문화부주관 〈온라인 여가포럼〉에서 발표한 자료를 바탕으로 정리한 것임.

여행기 쓰는 팁

1. 어디에 초점을 둘 것인지를 정하라.(가장 인상 깊었던 점, 알려주고 싶은 것, 체험활동 등)
2. 자신의 글을 쓰라.(느낀 점, 실수, 맞닥뜨린 일, 함께 여행하고 있다는 느낌을 줄 수 있도록)
3. 여행기의 일반원칙들을 알고 쓰라. ① 첫 번째로 쓰듯이, ② 과거시제로, ③ 대화체로, ④ 감각적인(sensory) 내용을 포함하여, ⑤ 여행 팁, 문화이해 등 도움이 되는 내용이 들어가고, ⑥독자가 공감(relatable)할 수 있도록 쓰라.
4. 전하고 싶은 메시지에 초점을 맞추어 여러 번 손보라(edit).
5. 상투적인 문구를 피하라(avoid cliches, 수정처럼 맑은 물, 숨 막힐 듯한 경치, 시간이 멈춘 장소, 시끌벅적한 시장통, 문화적 용광로 등등). 꼭 쓰고 싶다면 사진으로 대체하라.
6. 경험은 가치 있는 것이므로 자신감을 가지라.(자신이 읽고 싶은 것을 가슴 속의 울림을 가지고 쓰라)
7. 계속 쓰는 연습을 하라.(매일 써 보고 좋은 여행기를 읽으라)
8. 아름답고 예상되는 것만을 쓰는 것이 여행기가 아니며, 독자가 쓴 것을, 보고 느끼고 맛볼 수 있도록 정확하고 솔직하게(authentic and honest) 쓰라.

* 미국의 프리랜서 기자 Devon Delfino가 2019.7.19. 쓴

〈8 Travel-Writing Tips From Professional Travel Writers〉을 요약한 것임.

또 호주 국립대 작가센터(Australian National University Writing Centre)를 운영하는 Jillian Schedneck은 〈5 Powerful Tips to write travel stories only you can tell〉이란 포스트에서 여행기 쓰기 팁으로 다음 5가지를 들고 있다.

1. 여행목적을 기술하라(기분전환, 현지실상파악, 음식·문화탐구 등).
2. 초반부에 독자들의 호기심(question)을 자극하는 내용을 넣으라.
3. 방문지의 인상을 쓰라(기대했던 것과의 차이 포함).
4. 한 꼭지에 모든 것을 다루려 하지마라. 꼭지별로 소소한 이야기를 나누어 쓰라.
5. 여행경험을 공유하도록 여행 후 변화를 포함하라(기대충족여부, 학습, 인식변화 등).